ハヤカワepi文庫
〈epi 20〉

シンプルな情熱

アニー・エルノー
堀　茂樹訳

epi

JN276177

早 川 書 房

5010

日本語版翻訳権独占
早　川　書　房

© 2002 Hayakawa Publishing, Inc.

PASSION SIMPLE

by

Annie Ernaux

Copyright © 1991 by
Éditions Gallimard

Translated by
Shigeki Hori

Published 2002 in Japan by
HAYAKAWA PUBLISHING, INC.
This book is published in Japan by
arrangement with
ÉDITIONS GALLIMARD
through BUREAU DES COPYRIGHTS FRANÇAIS, TOKYO.

《ヌウ・ドゥー》（男女間の甘い情緒をふんだんに盛り込むことで有名な大衆週刊誌のタイトルで、「あなたと二人」といった意味）という
あの雑誌は、サドにもまして淫らだ。

——ロラン・バルト『恋愛のディスクール・断章』

シンプルな情熱

この夏、私は初めて、《カナル・プリュス》（有料契約方式の民放テレビ局）のチャンネルで、ポルノ指定を受けている映画を見た。私のテレビには《カナル・プリュス》の受信装置が付いていないから、画像がぼやけ、台詞も、ざあざあいったり、ぴちゃぴちゃいったりする奇妙な音、なめらかに途切れることなく続く異種の言語のようなものに取って代わられていた。ゲピエールをつけ、ストッキングを穿《は》いた一人の女のシルエットが見分けられ、男が一人いるのも見えた。ストーリーがわからないから、画面に次に何が映し出されるのか、身ぶりも行為も、予期することができなかった。男が女に近づいた。カメラがアップになり、女の性器が現れた。画面はチカチカしているが、そのものはまぎれもなく見える。次に、男の性器が、勃起した状態で現れ、女のものの中へ滑り込んだ。非常に長いあいだ、二つの性器の繰り返すピストン運動が、いくつものアングルで映し出された。ペニスがふたたび現れ、今度は男の手の中にある。そして精液が、女の腹の上に飛び散った。こんな光景もきっと、見慣れてしまえば何ということもないのだろう。が、初めて見ると動顛してしまう。何十世紀にもわたって、何百回も世代が交替してきたのに、今日に至って初めて、ようやく、女の性器と男の性器の結合するさまや、精液を目にすることができる——昔はほとんど死ぬ気でなければ見られなかったものが、握手する手と同じくらい易々と見られるようになった。

私には思えた。ものを書く行為は、まさにこれ、性行為のシーンから受けるこの感じ、この不安とこの驚愕、つまり、道徳的判断が一時的に宙吊りになるようなひとつの状態へ向かうべきなのだろうと。

昨年の九月以降、私は、ある男性を待つこと——彼が電話をかけてくるのを、そして家へ訪ねてくるのを待つこと以外、何ひとつしなくなった。なるほど私は、スーパーマーケットへも、映画館へも行ったし、衣類をクリーニング屋へ持って行きもした。読書も欠かさず、生徒たちのレポートや答案の添削・採点をすることも忘れなかった。以前と少しも変わりなく動いていた。けれどもそれは、長い年月のうちに身についた習慣だからできたことで、そうでなかったら、よほど自分を鞭打たないかぎり不可能だったと思う。自分が惰性で生きていると感じたのは、とりわけ、人と話をしているときだった。個々の言葉や、それらを連結した文、また笑いさえも、私の口をついて出るには出たが、これといった考えや意志には裏打ちされていなかった。それに私は、自分のしたこと、見た映画、会った人々を、ぼんやりとしか記憶していなかった。おしなべて私の行動は、上っ面だけのものだった。自分の意志で、自分の願望にしたがって、人間本来の知性ともいえる何か（先を見越すとか、プラス・マイナスや結果を推し量るとかいった能力）を働かせてした数少ない行為はことごとく、その男に関連していた。たとえば、

その男の国（彼は外国人だった）についての新聞記事を読む、

どんな服を着、どんな化粧をするか決める、
彼に手紙を書く、
シーツを替え、部屋に花を活ける、
これは彼が興味を持ちそうだから今度忘れずに伝えなくては、
と思うことがあると、それをメモする、
彼とともに過ごす夕べのために、ウイスキーや、果物や、色々なつまみ物を買い揃える、
彼が来たとき、どの部屋で交わることになるか想像する、

といったことだった。

会話の流れの中で、私の無関心を突き破ってくる話題といえば、彼、

彼の役職、彼の故国、彼が行ったことのある土地などに関連する話題だけだった。あるとき私を相手に話をしていた人は、私が話の内容に突然強い興味を示し出したのが、その人の語り口の効果でもなければ、話題そのもののせいでもほとんどなく、私と出会う十年も前のある日、ハバナに派遣されていたAが、ひょっとするとまさにその話の「フィオレンディート」というナイトクラブに入ったかもしれないということのためだとは、少しも勘づかなかった。むしろ、私が熱心に聞いていることに気をよくして、そのクラブの様子を微に入り細をうがって描写してくれた。私は本を読んでいても同じで、目を止める箇所はいつも、一人の男と一人の女の関係にかかわっていた。そんな箇所の記述は、Aについて私に何かを教えてくれ、私が信じたがっていることにひとつの確かな意味を与えてくれるような気がしたのだ。たとえば、グロースマン（一九〇五〜六四、旧ソ連の反体制作家）の『生と運命』（著者の没後、西側で出版された小説）の中に「愛する者は、接吻するとき目を閉じる」とあるのを読むと、私は、Aは私を愛しているわ、彼は私に接吻するとき目を閉じるから、と思ってみるのだった。そのあと、本の残りの部分も読みはしたが、それはもう、他のすべての営みが一年間私にとってそうであったように、逢瀬と逢瀬の間の暇つぶしでしかなかった。

　私にとって、未来への展望といえば、いつ会うかを決める次の電話だけだった。職業上の必要があるとき――仕事のスケジュールは彼に知らせてあった――以外、私はできるだけ外出しないようにしていた。彼が電話をかけてくるのが自分の留守中になりはしないかと、いつも心配だったのだ。私はまた、掃除機やヘアドライヤーを使うのも、それがもとで電話のベルを聞き逃しかねなかったから、控えていた。電話が鳴り出すたびに期待で胸がはり裂けんばかりになったが、その期待は、努めてゆっくりと受話器を取り、「もしもし」と言い終わるまでしか続かぬことが多かった。相手が彼でないとわかると、私はがっかりするあまり、電話をかけてきた人のことが我慢ならなくなった。逆に、Aの声が耳に入ってくると、それまで辛い思いで、いうまでもなく嫉妬に駆られながら、いったいいつまでと内心呻きながら待ち続けていたことなど、たちまち嘘のように消えてしまうので、私は、自分はまったくどうかしていた、でも今では急に平静を取り戻しつつあると感じた。そんなとき私は、聞こえてくるその声が、突きつめればありきたりの声にすぎないことと、それなのにその声が、自分の生活の中で度はずれて大切なものとなってしまっていることに、我ながら驚くのだった。

彼が、一時間後にこっちへ来ると言ってきたりすると――それは「いい機会」、つまり、彼が遅く帰宅しても妻に疑われないような口実が急に生まれたときだった――私はまた別の種類の待機状態に入って、頭が空っぽになり、性の欲求すら感じず（あまり何も感じないので、こんなことで悦びが得られるだろうかと心許《もと》なくなるくらいだった）、ただ熱に浮かされたように張りきって、シャワーを浴びる、グラスを並べる、マニキュアをする、モップで床を拭くといったさまざまの準備に、どうしても手際よく段取りをつけることができぬまま、飛び回った。自分が誰を待っているのか、もう意識していなかった。ただもう、車の止まる音が聞こえ、ドアの閉まる音がし、戸口のコンクリートを踏む彼の足音が響くあの瞬間――その時が近づいてきたと思うと、私はいつも名づけようのない恐怖にとらわれた――のことに心を奪われていた。

彼が、電話から来訪までにもっと長い間隔、三日か四日をおくと、私は、彼にふたたび会う時までにしなければならない仕事や、出席しなければならない友だち同士の食事の会などを思い浮かべて、うんざりした。何もしないで、ひたすら彼を待っていたかったのだ。そうして、何らかの突発事故で私たちの逢い引きが妨げられるのではないかという強迫観念を募らせながら、数日を過ごしたものだ。ある日の午後、自分の車で帰宅する途中、彼があと三十分で家にやって来るという時だったのだが、接触事故を起こすかもしれないという考えが頭の隅をかすめた。すぐにこう思った。「それでも私、車を止めるかどうかわからない（原註）」

（原註）私はよく、ひとつの願望と、自分が引き起こすか犠牲になるかする事故、病気など、多少とも痛ましい何かとを天秤にかけてみる。私が自分の願望の強さを計測しようとする――そしてたぶん運命に挑戦しようともする――とき、イメージを喚起して、自らの心にその願望の代償を支払う覚悟を問うてみるのは、かなり信頼できるやり方なのだ。たとえば、「いま書き進めているこれを首尾よく書き上げられるのなら、自分の家が焼失してもかまわない」というように。

化粧がすみ、髪も結え、家の中も片づいて用意がととのってしまうと、私は、たとえ時間が残っていても、読もうとする本は手につかず、生徒たちの答案のチェックをする気にもなれなかった。ある意味では、Aを待つことから気持ちを逸《そ》らせたくなかったのだともいえる。待つということを大切にしたかったのだ。しばしば一枚の紙に、日付・時刻とともに「もうすぐ彼が来る」と記したうえで、彼がもしかしたら来ないのではないかとか、いつもほど私を欲しがっていないのではないかとか、不安な気持ちを文にして書きつけた。夜になってから、その紙をもう一度取り出し、「彼が来た」と記し、その日の逢い引きの細々したことを思い出すままに書き連ねた。それから私は、乱雑に文字を書きなぐったその紙を前にし、それぞれ事前と事後に書いたのだけれど、一気に続けて読むことのできる二つのパラグラフを眺めて、茫然自失した。この二つの書きつけの間に、いくつかの言葉が発せられ、いくつかの動作がおこなわれた。その言葉や動作に比べたら、それらを定着しようとして文章を綴ることも含めて、他のいっさいの行為は取るに足らなかった。彼の車ルノー25（大型の高級車）の二つの音、ブレーキをかけて停車する音とふたたび発進していく音に区切られた時間の持続の間、私は確信していた。これまでの人生で、自分は子供も持ったし、いろいろな試験にも合格したし、遠方へも旅行したけれど、このこと——昼下がりにこの人とベッドにいること以上に重要なことは何ひとつ体験しなかった、と。

それはいつも、せいぜい数時間のことだった。私は、腕時計をしていなかった。彼の到着の直前にはずすことにしていた。彼のほうは腕時計をはずさないでいたので、私は、彼がその時計にそっと眼をやる時がくるのを恐れていた。ウイスキー用の氷を取りに台所に入るたびに、私は眼を上げてドアの上に掛けてある時計を見た。「もうあと二時間しかない」「一時間」「一時間後には、私はここにいるけれど、彼は帰ってしまっているんだわ」私は茫然として思うのだった。「〝現在〟というのはどこにあるのかしら？」

帰っていく前、彼はゆっくりと服を着た。私は、彼がワイシャツのボタンをはめるのを、靴下を、パンツを、ズボンを穿《は》くのを、鏡の方を振り向いてネクタイを締めるのを、じっと見ていた。彼が背広の上着を着てしまうと、すべてが終わる。私はすっかり、私自身を貫いて流れる時間と化していた。

彼が去るとまもなく、途方もない疲労感に襲われて、私は身動きできなくなった。すぐには後片づけをしなかった。ただ眺めていた。グラス、食べ残しが載ったままの皿、吸殻でいっぱいの灰皿、衣類、廊下にも寝室にも散らばっているランジェリー、ベッドからカーペットの上に垂れ下がっているシーツ。できることなら、その無秩序をそっくりそのまま取っておきたかった。そこにあるどの物象を見ても、ある動作、ある瞬間の証《あかし》となっていて、全体が構成するタブローの力と痛みは、私にとっては、美術館にあるどんな作品もけっして及ばないほどのものだったから。もちろん、私自身、翌日まで洗浄はせず、彼の精液を保っていた。

私はまた、彼と何回交わったか、足し算してみたものだ。毎回、新たに何かが私たちの関係につけ加わるように思えたけれど、しかしまた、そのほかならない行為と快楽の積み重ねによって、私たち二人の間が確実に隔てられていくのだとも、私は感じていた。蓄積した相手への欲望を、とことん消費していったのだから。肉体的昂奮の強度が増せば、その分を、時間の持続において失うのだった。

　私はよく、まどろんで、彼の体内で眠っているような感じを味わった。翌日は、けだるくてならなかったが、そのけだるさのうちに、彼の愛撫をいく度となく思い出し、彼の発した言葉が自分の頭の中で繰り返されるのを聞いていた。彼は、フランス語の淫らな単語を知らなかった。あるいは、知っていても、使いたがりはしなかった。彼にとって、それらの語は社会的禁忌の下になく、なんら特別なところのない、罪のない語にすぎなかったからだ（同じように、彼の母語の中にある卑語を私が聞いても、ぴんとこなかっただろう）。ＲＥＲ（パリ郊外と都心を結ぶ首都圏高速地下鉄）の車内や、スーパーマーケットで、私は、「ペニスを口に含んでくれ」と囁く彼の声を耳の奥に聞いたものだ。一度など、オペラ駅（パリのオペラ座最寄りの地下鉄の駅）で、ひとり夢想に浸っていて、乗らなければならない電車を気づかずにやり過ごしてしまった。

このような麻酔のかかった状態が徐々に解消すると、私はまた電話を待ちはじめるのだった。最後に会った日が遠のけば遠のくほど、苦しみと不安が増した。昔、試験のあとで、試験日から日がたつにつれて、落第したにちがいないと思い込んだのと同じように、彼からの電話がないまま日がたつにつれ、私は、捨てられたのにちがいないという思いを募らせた。

彼がそばにいなくても幸せな気分でいられたのは、新しいドレスや、イヤリングや、靴下を買っている時、そうしたものを家に持ち帰って鏡の前で試着してみる時だけだった。理想は、無理なことだったけれど、彼に毎回違った装いを見せることだった。もっとも、私の新しいブラウスやパンプスが彼の目にとまるのはせいぜい五分間で、あとは彼が立ち去るまで、その辺に脱ぎ捨てられたままになるのだった。私はまた、いくら衣装に凝っても、彼が他の女性を欲しがるようになってしまえば、そんな新たな事態に対して何の役にも立たないことを承知していた。けれども、彼にすでに一度見せたことのある装いで現れるのは、彼との関係において一種パーフェクトな在り方を目指していた私には、ひとつの落ち度であり、手抜きであるように思えたのだ。あるパーフェクトであろうとするその同じ意志に動かされて、私は、ある大型書店で、『性愛のテクニック』を立ち読みしたこともある。その本のタイトルの下には、「七〇万部突破」と印刷されていた。

しばしば、自分がこの恋《パッション》を生きているさまは、一冊の本を書くときと似ているなと感じた。各場面を成功させなければならないという同じ要請、あらゆる細部への同じ気遣い。さらにいえば、当時、この情熱《パッション》の果てまで――「果てまで」という言葉に明確な意味は与えていなかった――行ってしまえば、もう死んでもいいという気になるだろうと思っていたが、その思いもまた、いま書いているこれを何カ月かのちに書き上げてしまえば自分は死ぬこともできそうだ、という現在の心境に通じるものだった。

私は、付き合っている人々の前で、自分の言葉の端々に、寝ても覚めても忘れられない彼のことが透けて見えたりしないようにと心がけていた。それには警戒心が要《い》り、その警戒心を不断に引き締めているのは難しいことだったけれども。美容室で、とてもおしゃべりな女性を見かけたことがある。その女性に、しばらくは誰もがふつうに受け答えしていたのだが、ある時点で、彼女が、仰向けになって頭をシャンプー・ボウルに入れたまま、「私、神経の方を治療してもらっているの」と言った。と、たちまち、ほとんど誰にも気づかれない程度にだが、美容室のスタッフは、距離を置いた慎重な態度で彼女に接しはじめた。あたかも、つい口から滑り出てしまったその一言が、彼女の錯乱の証拠であるかのようだった。私は、もしうっかり「私、恋《パッション》に燃えているの」などと言ったら、自分もまた異常者と見られるだろうと不安だった。それでいて私は、スーパーマーケットのレジや銀行で他の女性たちに混じっている時には、こう訝《いぶか》ったものだ。この人たちにも、私と同じように、片時も忘れることのできない男がいるのだろうか、そうでないなら、この人たちはいったいどんなふうにしているのだろう、そんな状態で、つまり――私の以前の生活から類推すれば――心待ちにしているのは、週末、レストランへのお出かけ、美容体操のレッスン、もしくは子供の成績表といった、要するに、今の私にはめんどうくさいもの、あるいはどうでもよいものばかりであるような状態で、それでもこうしてちゃんと生きているとは……。

打ち明け話の折り、一人の女性または男性が、進行中の、あるいは過去の「ある男とのすごい恋愛」とか「ある人との非常に強い関係」とかを告白するのを聞くと、私は時々、自分の胸の内も明かしたくなった。ところが、いったん体験の共通性を確かめ合う陶酔から醒めると、思わず我を忘れてしまったことを後悔した。相手の言葉のいちいちに、「私もよ、私の場合も同じよ、私も同じことをしたわ、等々」と相槌を打ち続けたそれまでの会話が、一挙に、自分の情熱《パッション》の実体とは何の関係もない、無益なものに思えた。そんな真情吐露の中で、何かが失われたとさえ言ってよかった。

息子たちは学生で、思いつくと母親である私の家に来て寝泊まりしていくのだが、私が彼らの前に明らかにしたのは、これだけ教えておけば自分のAとの交際に不都合は生じないという、必要最小限の実際的なことだけだった。たとえば、彼らが家に帰ってこようとするときには、あらかじめ電話でそうしていいかどうかを確かめること、また、すでに家に帰ってきている場合には、Aが来訪を告げてき次第、立ち去ることを約束させた。こんな取り決めをしたからといって——少なくとも外見上は——どんな問題も持ち上がらなかった。とはいえ私は、今度の交際の件を子供たちに対してすっかり秘密にしておくことがもし無理でなかったら、そうすることを選んだと思う。若い頃、自分の恋愛ごっこやアヴァンチュールを父と母にはいつも隠していたのと同じようにである。ここにはたぶん、彼らの審判を免れたいという気持ちが働いている。が、もう一つの理由として、親と子が、肉体的に最も近くて、しかも交わることを永久的にこの上なく厳禁されている者同士であるだけに、互いの性生活を思うと、誰よりも不快感を抱きがちだという事情もある。子供たちは、母親のぼんやりした眼差しや心ここにあらずといった沈黙から明らかにわかる事実でも、それはもう頑として認めないものだ。その明白な事実とは、子猫が、やっきになって雄猫を追いかけている最中の雌猫にかまってもらえないのと同様、子供の存在が母親の眼中に入らなくなる時もあるということなのだが——(原註)。

(原註)《マリ・クレール》誌上、インタビューを受けた若者たちは、別居もしくは離婚をした自分たちの母親の恋愛を、有無を言わさぬ調子で断罪している。一人の少女は、恨みをこめて、こう言っている。「母の恋人たちなんて、母に夢を見させるのに役立っただけよ」それ以上に有益などんな役立ち方があるというのだろう？

この時期、私は一度としてクラシック音楽を聴かなかった。シャンソンのほうがよかったのだ。そのうちでもとりわけ感傷的ないくつかの曲、以前は一顧だにしなかった類《たぐい》の曲に、心を揺さぶられた。それらのシャンソンは、端的に、率直に、恋情《パッション》の絶対性を、またその普遍性を証言していた。シルヴィ・ヴァルタンがその頃「どうしようもないの、動物だもの」と歌っているのを耳にして、私は、それを痛感しているのが自分一人ではないことを得心したのだった。シャンソンが、進行中だった私の体験に寄り添って、それを正当化してくれていた。

女性誌を開くと、私はまず星占いの欄を読んだ。

自分の物語がその中に含まれているにちがいないと思う映画があると、その映画をすぐさま見たくなった。が、それが古い作品だと、上映している映画館がどこにもない場合があって、ひどくがっかりした。大島渚の『愛のコリーダ』がそうだった。

私はよく、地下鉄の通路に坐り込んでいる物乞いの男たちや女たちに小銭を与えて、その晩彼が電話をかけてくるように願《がん》をかけた。自分で日を決めて、彼がその日より前に私に会いに来たらフランス民衆扶助協会（政治的犠牲者・貧民・被災者等を支援する社会的連帯組織の一つ）に二百フラン送る、と誓ったりした。従来の生活習慣に反して、私は、財布の紐をゆるめっぱなしにしていた。そうすることは、自分のAに対する情熱《パッション》と不可分で、必要な、諸々の出費の一部だという気がしていた。諸々の出費のうちには、ぼんやり夢想していたり、ただ待っていたりして時間を浪費することも含まれていたし、いうまでもなく体力の消耗も、つまり、疲れて足元がおぼつかなくなるまで、あたかもそれが最後で二度と機会がないかのように（それが最後とならないという保証など、どこにあろう？）セックスをすることも、含まれていた。

彼が来ていたある日の午後、私は、居間の床に火から下ろしたばかりのコーヒーポットを置き、敷いてあった絨毯を、糸目が見えるほど焦がしてしまった。ところが、まったく気にならなかった。それどころか、その後、その焼け焦げが目に入るたびに、彼と過ごしたその午後を思い出して、私は幸せな気分になった。

日常生活上のめんどうなことには、いらいらしなかった。郵便配達のストライキが二カ月間続いたが、Aが私に手紙をくれることはなかった（たぶん結婚している男としての慎重さからだろう）から、私は気に留めなかった。交通渋滞に巻き込まれたときも、銀行の窓口に並ぶときも、落ち着いて待っていたし、係員や店員に無愛想な応対をされても苛立たなかった。どんなことにも、じりじりしなかった。私は、人々に対して、同情と、痛みと、友愛のないまぜになった感情を抱いていた。ベンチに横たわっている浮浪者たちや、街娼の客たちのこと、あるいはまた、列車の中でハーレクイン・ロマンスを読みふけっている女性のことが理解できた（もっとも、自分の中のいったい何が彼らと共通しているのかを明言することはできなかったと思う）。

あるとき、裸のまま、冷蔵庫に入っているビールを取りに行って、ふと、自分が子供だった頃、界隈に、午後になるとこっそり男を家に迎え入れる独身の、あるいは既婚の、子持ちであったりもする女たちがいたことを思い出した(何もかも筒抜けだった——隣近所では彼女たちを非難していたが、ふしだらを咎めているのか、昼間から男との楽しみを優先して自分の家の窓拭きを怠るのがいけないというのか、解きほぐしてはっきりさせようとしても無理だった)。私はその時、彼女たちのことを思い、ひとつの深い満足感を覚えていた。

その頃はいつも、自分は恋《パッション》を小説みたいに生きているという気がしたものだった。けれども今、私には、自分がその情熱《パッション》を何のスタイルで書き記しているのかわからない。自分のこの書き方が証言ふうというか、女性誌でよく見かける告白ふうなのか、それとも宣言書《マニフェスト》的なのか、調書的なのか、あるいは、もしかしたらテクスト註釈的なのか、判断がつかない。

私は、ある愛人関係の経緯を物語っているわけではない。ことの発端から終わりまで（その半面しか私は知らない）を、日を明確に追って（「彼が十一月十一日に来た」）、あるいは大まかに追って（「数週間が過ぎた」）、語っているわけではない。私から見て、彼との関係に、時間の経過にそった物語などなかった。なにしろ私の意識には、彼がそこにいるか、いないか、それだけしかなかったのだから。私はもっぱら、「いつも」と「ある日」の間を絶えず揺れ動きながら、ひとつの激《パッ》しい恋《ション》のしるしを拾っては積み上げる。あたかもそのリストを作成していけば、私みずから、その情熱《パッション》の実体をつかむことができるかのように。当然ながら、ここでおこなう事実の列挙と記述の内には、アイロニーも自嘲もない。アイロニーや自嘲は、ある物事が自分にとって過去のものとなってしまってから、それを他人たちや自分自身に語るときの方法であって、その物事を体験している最中には用をなさない。

私の情熱がどこから生まれてきたのかについては、私はその答えを、自分の人生の遠い過去の出来事、精神分析医なら私に再構成させるであろうような出来事や、最近の出来事に求める気はないし、また、自分が子供の頃から今日までに影響をこうむった、感情の文化的モデル（『風と共に去りぬ』や、ラシーヌ作の悲劇『フェードル』や、エデイット・ピアフのシャンソンは、エディプス・コンプレックスと同じくらい決定的だ）のうちにも、見出そうとするつもりはない。私は、自分の情熱を説明したいのではなく――説明したいとすれば、それは取りも直さず、自分の情熱を、引き受けることを回避しなければならないようなひとつの錯誤もしくは変調と見なすことになろう――、単にさらけ出したいのだ。

たぶん考慮したほうがいい前提があったとすれば、それは物理的なこと、つまり、私が、自分の情熱を生きるための時間と自由に恵まれていたということに尽きると思う。

彼は、サンローランのスーツ、セルッティのネクタイ、そして大型の車が好きだった。ハンドルを握ると、パッシングライトを多用し、スピードを出した。東欧の国から来た彼が寡黙に運転するさまは、趣味のいい服を着て、見下ろすような気分でフランスの高速道路を突っ走る自在感に、身も心もゆだねているかのようだった。彼は、ちょっとアラン・ドロンに似ていると人に言われるのが、まんざらでもないらしかった。私が推察していたところでは——外国人のことでも正しく推察できるとして、そのかぎりでの話だが——、彼は、知的なものや芸術的なものに敬意を感じこそすれ、興味は持っていなかった。テレビでも、彼が好きなのはクイズ番組と「サンタ・バーバラ」(米国から輸入された通俗的な連続ドラマ)だった。そういったことすべてに、私は抵抗を感じなかった。これはたぶん私が、Aの趣味を、何よりもまず、彼の国の文化的な差異を反映するものと見なすことができたからだろう。もし彼のような趣味の持ち主が自分と同じフランス人であったなら、私はそこにまず社会的な差異を見てしまっただろうが、Aは外国人だったのだ。いや、もしかすると、私はAに、私自身の最も「成り上がり」的な部分を見出して満足を覚えていたのかもしれない。私はかつて、ドレスやレコードが欲しくてたまらない、旅行をしてみたくてたまらない娘だった。クラスメートのなかで、自分だけがそういったものに恵まれていなかったからだ。ちょうどAが、彼の国の国民とともに「恵まれず」、それ故に、西欧のショーウィンドーに並ぶ綺麗なワイシャツやビデオテープレコーダーに憧れ、所有したがるのと似ていた。[原註]

(原註) この男性は、今も地球上のどこかで生きている。私が、彼をこれ以上描写すること、本人を特定する手がかりになるような特徴を挙げることは

できない。彼は、きっぱりと「思いどおりに生きている」。ということは、彼にとっては、その人生以上に大切な、作り上げるべき作品はないということだ。私の場合には事情が違うからといって、彼が誰であるか公表することは許されない。彼が登場することを決心したのは、私の本にではなく、もっぱら私の生活に、だったのだ。

彼は、東欧の人々の例に違《たが》わず、酒量が多かった。私は、帰路の高速道路で起こるかもしれない事故を思って怖かったけれど、彼がお酒をたくさん飲むこと自体に嫌悪感は催さなかった。彼が千鳥足になったり、私と接吻している時にげっぷをするようなことがあっても——。それどころか、私は、品のない振る舞いのなかで彼と結ばれていることがうれしかった。

私たちの関係が彼の側ではどのような性質のものだったか、私は知らなかった。当初は、いくつかの情況証拠――彼のうれしそうな様子、私を見つめる時の彼の沈黙、「猛スピードですっ飛ばしてきたよ」という言葉、彼が私に子供の頃の思い出を語ること――から、彼も自分と同じ情熱《パッション》を抱いていると判断した。この確信は、その後揺らいでしまった。彼は、思ったより慎重で、そう簡単には心の中を見せたがらなかったのだ。けれども、彼が私に自分の父親の話や、十二歳のとき森で摘《つ》んだ木苺《きいちご》の話をしてくれると、それだけで、私はまた考えを改めるのだった。彼は、もういっさいプレゼントなどしてくれなくなってしまっていた。友だちから花や本を贈られるたびに、私はだから、彼が私に対してする必要を認めない気遣いのことを思った。けれども、すぐにまた、「彼のプレゼントは、私を欲しがることなんだわ」と思い直すのが常だった。私は、彼の嫉妬こそ、彼が私を愛してくれているることの唯一の証拠と信じ、私の耳に嫉妬心のあらわれと聞こえる言葉を彼が口にするたびに、それらの言葉を貪《むさぼ》るように記憶した。が、一時期が過ぎると、たとえば「クリスマスはどこかへ行くのかい？」というのが、ありきたりの問い、あるいは事務的な問いにすぎず、その返事によって逢い引きを予定するかしないかを決めようといった程度の意図から発せられたもので、私が誰かとスキーに行くつもりかどうかを探ろうとする遠回しの言葉などでは全然ないことに気づいた。私はしばしば、彼にとって、セックスをして過ごすああした午後はどんな意味を持っているのだろうかと自問した。おそらく、セックスをするという、まさにそのこと以外に意味などなかったのだろう。いずれにせよ、そこに補足的な理由を探すのは徒労だった。結局、私が確信できることはただ一つ、彼が欲望しているか、していないか、そのことだけだったのだから。疑問の余地のない唯一の真実は、彼の性器を見れば一目瞭然だった。

相手が外国人だからなおのこと、彼の行動や反応をどう解釈してみても、こちらの見当違いでしかない可能性が高かった。彼の行動パターンを培《つちか》った文化について、私が知っていたのは、エキゾチックな面、お決まりのイメージだけだった。相互理解にこうした明らかな限界があること、しかもその限界が、彼のほうはフランス語をかなり使えるけれど、私は彼の国の言語《ことば》を話せないという事情で、いっそう越えがたいものになっていることに、当初私は意気消沈した。その後、むしろこの状況のおかげで、自分は、彼と完璧に理解し合えるとか、さらには、二人の心を完全に一致させることができるとかいった幻想に惑わされなくてすんでいるのだと納得した。彼のフランス語の使い方が、ふつうの語法からややずれていることに気づくにつけ、彼がある語をどんな意味で使っているのか一瞬判断に苦しむ折りがあるにつけ、私は、絶えず、話し言葉のやりとりがいかに不正確かを痛感していた。私はいわば特権に恵まれて、初めから、不断に、まったく自覚的に、誰もが終《しま》いには必ず気がついて愕然とし、どうしてよいかわからなくなる事態、つまり、愛する男がひとりの異邦人《エトランジェ》だという事態を生きていたわけだ。

彼が妻帯者であるために私に課せられた制限——彼に電話しないこと——手紙を郵送しないこと——彼が説明に窮するような贈り物をしないこと——彼が時間を作れるかどうかに、いつも左右されること——に、私は反発を感じていなかった。

彼宛てに書いた手紙は、彼が私の家から帰路につく間際に手渡すことにしていた。彼のほうでは、手紙をいったん読んでしまったら、細かくちぎって高速道路に投げ捨てることにしているのではないか、おおかたそんなところだろうと私は思っていたが、それでも、せっせと彼に手紙を書いた。

私は、彼の衣服に自分のどんな痕跡も残さないように注意していたし、また、彼の肌にキスマークをつけたりもしなかった。彼が妻との間でどんないざこざも起こさなくてすむようにしてあげたいという気持ちと同じくらい、彼に恨まれるようなことをして、その結果捨てられるのはいやだという気持ちがあった。同じ理由で、私は、彼が夫人同伴で行くような場所で彼に出くわすのも避けていた。ふとしたはずみの動作――Aのうなじを撫でる、彼の服やネクタイの細かい部分の乱れを直す――で、私たちの関係を夫人の前に露呈してしまいはしないかと不安だったのだ。（私はまた、夫人と顔を合わせるたびに、Aが彼女を抱いているところを想像して苦しんだから、益《えき》もないのにそんな目に遇いたくはなかった。――いくら彼女を見くびってみても、彼が彼女を抱くのはたぶん彼女が「すぐ手の届くところにいる」からにすぎないと思ってみても、脳裡に浮かぶそんな光景から受ける責め苦にはまったく抗《あらが》えなかった。）

こうした制限から、かえって期待と願望が生まれさえした。彼が電話をかけてくるのはいつも公衆電話からで、公衆電話は故障していることが多いから、私が受話器を取っても、誰の声も聞こえてこないことがしばしばあった。そのうち私は、そういう「にせ」の呼び出しがあったら、せいぜい十五分ばかり、故障していない電話を見つけるのにかかる数分ののちには、本物の呼び出しがあると気づいた。初めにかかってくる無言電話は、彼の声の前触れ、幸福の訪れを確約してくれる（稀な）予兆であり、次の電話で、彼が私を名前で呼び、「会えるかな？」と言ってくるまでの待ち時間は、私の過ごし得た最高のひとときのうちに数えることができた。

夜、テレビの前で、私は、あの人も同じ番組、同じ映画を見ているかしらと思ったものだ。特に、その番組ないし映画の主題が愛かエロティシズムだった場合、シナリオに、私たちの置かれていた状況と通じ合うところがあった場合に、そう思った。そんなとき私は、彼がたとえばトリュフォーの『隣の女』を見ながら、登場人物を私たちに置き換えていると想像した。彼が事実その映画を見たと私に言うと、私はややもすれば、彼がその夜その映画を選んだのは私たちのことがあるからだと、そして、画面で演じられた私たちの物語は彼の目により美しく、あるいは少なくとももっともな裏づけのあるものと映ったにちがいないと思い込んだ。（逆に、私たちの関係が彼の目に危険なものと映ったかもしれない、なぜなら映画に描かれる婚姻外の恋《パッション》の結末はきまって不幸だから、という考えも湧いたが、もちろん、そんな考えは大急ぎで退《しりぞ》けた。）(原註)

（原註）モーリス・ピアラの『ルル』、ベルトラン・ブリエの『美しすぎて』等々。

時々、私は、彼はたぶん束の間も私のことを考えないでまる一日を過ごすのだろうなと思った。私には、彼が起床するのが、コーヒーを飲むのが、話すのが、笑うのが、まるで私など存在しないかのように起居するのが見えた。四六時中彼のことに囚《とら》われている自分の状態とのこの大きなずれが、私にはまったく信じられないことに思えた。どうしてあの人には、そんなことができるのか……。しかし、彼のほうでも、自分のイメージが朝から晩まで私の脳裡を去らないと知ったら仰天したことだろう。私の在り方と彼の在り方を比べて、どちらかをより正当と見なすような根拠はなかった。ある意味では、私のほうが彼より幸運だったのだ。

パリを歩いていて、大通りを、いかにも多忙な高級管理職といった感じの男が他には誰も乗せずに大型車を走らせていくのを見かけると、私は、Aもああいう男たちのうちの一人であって、それ以上でも以下でもないのだ、彼がまず気にかけているのは自分の出世のことで、二、三年ごとに新しい女を相手にエロティシズムの、もしかすると愛の急激な高まりを体験するだけのことだ、と気づいた。この発見で、私は解放された気分になった。もう彼に会うまいと心に決めた。彼が自分にとって、BMWやルノー25に乗っているあの型にはまった男たち同様、月並みで、魅力のない存在になってしまったと確信したのだった。それでいて私は、なおも歩きながら、次の逢い引きの準備をするかのように、ショーウィンドーの中のドレスやランジェリーに視線を走らせていた。

　そんな醒めた意識を抱くことも束の間ならあったわけだが、それはいつも外界から受ける影響のせいだった。自分からそれを求めたことはなかった。むしろ私は、自分の意識を、そこに取り憑《つ》いている観念から引き剝がす機会となり得るような、読書とか外出とか、以前は好きだったあらゆる活動を避けていた。無為に徹して日を過ごせればと、ひたすら願っていた。勤め先の校長から、あらかじめ決まっている以外の仕事を要請されると、語気荒く、電話口で彼を罵らんばかりにして拒絶した。当時の私には、激しい恋《パッション》ゆえの昂奮と夢想にどこまでものめり込むことを妨げるものに対して嫌だと言うのは、至極正当な、何の遠慮も要らないことのように思えたのだった。

ＲＥＲや地下鉄の車内、各種の待合室など、何もしないでいてもおかしくない場所ならどこででも、私は、腰を下ろすやいなや、Ａをめぐる夢想に入った。その状態に没入すると、瞬時にして、頭の奥にしびれるような充足感が生じるのだった。それは、肉体的快感に身をゆだねるような感じだった。あたかも脳髄も、繰り返し押し寄せる同じイメージ、同じ記憶の波に反応して、性的な悦びに達することができるかのようであり、他と変わるところのない性器の一つであるかのようだった。

　私はもちろん、これらのことを記すについて、どんな恥ずかしさも感じていない。書きつつ、自分ひとりで書いたものを見ている今この時から、これが人々に読まれる時、そんな時は永久にやって来ないような気が私はしているのだが、その時までに、まだ期日の猶予があるからだ。今からその時までに、私は事故に遇うかもしれないし、死ぬかもしれない。戦争とか、革命とかだって起こり得る。この猶予期間があるからこそ、私は現在書くことができる。これはおよそ、私が、十六歳の頃、まる一日灼熱の太陽に躰を晒していたのと、また二十歳《はたち》の頃、コンドームなしでセックスしていたのと同じことだ。要するに、後先《あとさき》かまわぬ行動なのだ。

（したがって、自らの人生について書く者を露出狂と同一視するのは誤りである。露出狂の願望はただ一つで、それは、見せたその瞬間に見られることなのだから。）

春、Aからの連絡が途絶え、私はただ待ち続けるだけになった。暑気がいつになく早く到来し、五月の初めには居坐ってしまった。夏物のワンピースが街に現れ、カフェのテラスに人があふれた。息苦しそうな声の女性が囁くように歌うエキゾチックなダンス音楽、ランバダが、絶え間もなく聞こえていた。何もかもが、快楽の追求に新たな機会が訪れたことを告げていて、私は、Aが私ぬきでこのチャンスを生かすつもりだろうと考えた。彼の地位、フランスでの職務が、非常にステータスの高い、すべての女性の憧れを誘いそうなものに思えた。それに反比例して、私は自分を卑下し、彼をそばにつなぎ止めておけるようなどんな魅力も自分にはないと思った。パリへ出かけた時には、それがどの界隈であっても、車の助手席に女性を乗せて通りかかる彼に出くわすことを予期した。私は歩行中、背筋をことさらぴんと伸ばし、そんな邂逅《かいこう》をあらかじめ見下しているような無関心さを装っていた。実際には、いうまでもなく一度もそんな邂逅は起こらなかったので、私はむしろ拍子抜けしたくらいだった。何しろ私は、自分の想像上の彼の視線に晒されながら、汗をかきかきイタリアン大通り（映画館やカフェの立ち並ぶ賑やかな大通り）を歩き回っていたが、その頃彼は、どこか他の場所にいて、見つけようもなかったのだ。車の窓ガラスを下げたままラジカセをがんがん鳴らして、ソー公園（パリの南郊にある広い公園）かヴァンセンヌの森（パリ東郊森の）の方向へ走っていく彼のイメージが、頭にこびりついて離れなかった。

ある日、テレビ番組情報誌の頁をめくっていた私は、キューバから来てパリで公演しているという舞踊団についてのルポルタージュに目を止め、読みはじめた。記者は、キューバ女性がとても肉感的で自由奔放だと強調していた。写真も一枚掲載されていて、インタビューを受けた女性ダンサーが写っていたが、彼女は大柄で、髪は黒く、長く伸びた脚《あし》をむき出しにしていた。読み進めるにつれ、私の直感は強まっていった。読み終わった時、私は、キューバに滞在したことのあるAが写真の女性ダンサーと出会ったにちがいないと確信していた。Aが彼女とホテルの一室にいるところが目に浮かび、その時の私は、たとえどんな反証を挙げられても、その情景が突拍子もない妄想だとは納得しかねるような心持ちだった。それどころか、その情景のような現実はなかったと考えるほうが愚かしくて、どうかしていると思っていた。

彼がついに電話をかけてきて、会うことになったが、待ちに待ったその電話にもかかわらず、状況はまったく変わらなかった。私は依然として、苦痛に満ちた緊張状態から抜け出せなかった。彼の声を現実に聞いてもなお幸福感を取り戻すには至らないようなところまで、私は落ち込んでしまっていたのだ。どうもがいてみても、果てしなく虚《むな》しかった。私たち二人がいっしょにベッドにいて交わっている時だけは別だったけれども。いや、その時でさえ私は、あとに続く時間のこと、彼が帰ってしまったあとのことを、意識から追い払うことができなかった。私は快楽を、まるでそれがやがて訪れる苦痛の一部であるかのように味わっていた。

電話がかかってくるか否かにもう一喜一憂しなくてすむように、もう苦しまなくてすむように、きっぱりと別れてしまいたいという気持ちに、私は絶えず傾いた。が、すぐに、訣別《けつべつ》の直後から始まるもの、何ひとつ待ち焦がれることなしに過ごさなければならない日々の連続が頭に浮かぶのだった。私が選んだのは結局、たとえどんな代償を払うことになっても、そのまま関係を持ち続けていることだった。たとえば、彼に自分以外の女が一人、もしかすると数人いるというような事態（つまり、私がそれから逃れるために彼と別れることを考えた苦しみよりもさらに大きな苦しみ）を我慢してでも――。そうはいっても、垣間見《かいま》た無の生活に比べれば、自分の今の状況は幸いだし、自分の嫉妬は儚《はかな》い特権のようなものだと、私は感じていた。そして、そのせっかくの特権の終わりを望むとしたら自分はまったくどうかしている、なぜなら終わりは、私の意志とは関係なしに、いつか必ず、彼がこの国を去る時、または彼のほうから私と別れようとする時にやって来るのだから、と。

私は、外で、人々が集《つど》っている場所で彼に会うのは避けていた。ただ会うだけのために彼に会うのは堪えられなかったからだ。だから私は、彼も招かれていたある開会式のレセプションに行かなかったが、それでいて一晩中、ひとりの女性ににこやかに近づき、格別愛想よくしている彼のイメージ、私たちが初めて知り合った時に私に対してしたのと同じやり方でその女性に接している彼のイメージに、悩まされた。そのあとで、誰かから、あの夜会は少人数で、しかもパッとしない顔ぶれだった、あれこそまさに「禿三人に丸刈り一人」というやつだったと聞いた。私はほっとして、その滑稽な表現を気分よく心の内に繰り返したものだ。まるで、レセプションの雰囲気や女性客の数から、偶然の出会いがあったかなかったか――出会いがあったとすれば、女性は一人で足りた――、相手の女性を彼が誘いたいと思ったか否か、その二点にのみ左右されたはずの事柄を推定できるかのように。

私は、彼が余暇をどう過ごしているか、また週末には誰とどこへ出かけるのかに通じようと努めていた。私は、こんなふうに思うのだった。「今、あの人がいるのはフォンテーヌブローの森（パリの東南に位置する広大な森）、ジョギングの最中だわ——あの人、今頃は車でドーヴィル（パリから高速道路を約二百キロ北上すると、この有名な海水浴場に着く）へ向かっている——海辺で、奥さんの隣に寝そべっている」等々。知っているというだけで、安心できた。この日、この時刻、彼はどこそこにいる、と特定できれば、自分は不実を働かれないような気がしていた。（この思い込みは、同じように抜きがたい、もう一つの思い込み、すなわち、私の息子たちが友だちの家でのパーティーに出かけたり、ヴァカンスを過ごしに旅立ったりした場合に、こちらがそのパーティーの場所や旅の目的地を知っていれば、それだけで、息子たちが事故に遇うとか、麻薬に手を出すとか、海で溺れるとかいった心配が無用であるかのように考えてしまう傾向に、似ていると思う。）

その夏は、ヴァカンスに発《た》ちたくなかった。朝、ホテルの一室で目覚め、彼からの電話をいっさい期待できない一日の始まりを思ったりするのは、気が向かなかった。けれども、旅行を断念するのは、彼に、面と向かって「あなたに夢中なの」と言う以上にはっきりと、自分の執着《パッション》を白状することだった。別れたいという気持ちに囚《とら》われていたある日、私は、すぐに別れる代わりに、二カ月後にフィレンツェへ行くことにして、列車とホテルの予約をした。彼と別れるのに自分がイニシアティヴを取らなくてすむ、そういう形の訣別を思いついたことで、私はとても満足していた。が、出発の日がいよいよ迫ってくるのを感じると、早くから受験者名簿に登録しておきながら準備の勉強を怠ったまま試験の日を迎えるときのような気分——打ちひしがれた、何をしても無駄だといった気分に落ち込んだ。個室寝台車の寝台で、私は、一週間後にまた同じ列車に乗って、今度はパリへ戻っていく自分を想像し続けていた。一週間後の自分に予感した幸福たるや、これまで一度も味わったことがないほどすばらしい、ほとんど実現不可能とも思える（自分はフィレンツェで死ぬのかもしれない、彼にまた会うことは永久にないのかもしれない……）ものだったのだが、それだけにかえって、パリからどんどん遠ざかっていくことに対する恨めしさがいや増し、往きから帰りまでの間隔が、途方もなく長い、むごい時間に思えるのだった。

いちばん辛かったのは、終日ホテルの客室から出ずに、パリへ自分を連れ帰ってくれる列車をひたすら待つ、というわけにもいかないことだった。旅行に来た以上は、旅行者らしく、文化財の見学とか、ヴァカンスになるといつもする散策とかに出かけなければならなかった。私は、何時間もかけてアルノ川（フィレンツェの町は、この河畔にある）の南側一帯を、ボーボリ庭園（ピッティ宮殿の裏手の丘に広がるイタリア式庭園）から、ミケランジェロ広場（町の東南の小高い丘に位置している）やサン・ミニアート・アル・モンテ教会（ミケランジェロ広場のすぐ南のさらに高い丘の上にある）まで歩いた。門の開いている教会があれば必ず入り、三つの願いごとをし（三つのうち一つは叶うと信じられているからだ——私の願いごとは、もちろん三つともAにかかわることだった）、それから、ひんやりした空気と静寂の中で椅子に腰を下ろし、じっとしていた。そうして、どこにいても朝から晩まで絶え間もなく思いつくさまざまなシナリオ（二人いっしょのフィレンツェ滞在、ある空港で十年後に再会する私たち、等々）のうちの一つを、心の中で先へ進めていた。

人々がガイド書に目を走らせて、一つひとつの絵の年代や説明、どれをとっても彼ら自身の生活には関連のないことを知ろうとしているのが、理解できなかった。芸術作品に対する私の態度は、もっぱら情動的なものだった。私がラ・バディア教会（町の中心部、バルジェッロ国立美術館の向かい側にある）をたびたび訪ねたのは、青年ダンテが恋人ベアトリーチェにめぐり会ったのが、そこでだったからだ。サンタ・クローチェ教会の半ば消えてしまっているフレスコ画（同教会には、ジョットー、A・ガッディらの著名な作品がある）に私は心を激しく揺さぶられたが、それは、自分の物語もいつの日か、彼の記憶の中で、また私の記憶の中で、これらのフレスコ画のようになるのだ、色褪《あ》せた、途切れとぎれのものになってしまうのだ、と思ったからだった。

美術館でも、愛を表現した作品しか目に入らなかった。興味を惹かれたのは、裸体の男性像だった。それらの彫像に、私は、Ａの両肩、腹、ペニス、そして特に、腰の内側のカーブに沿って股のつけ根の窪みに至る浅い溝を見出していた。ミケランジェロのダビデ像の前では釘付けになってしまった。男の身体の美しさを崇高な表現で顕示したのがひとりの男であって、女ではなかったということに、痛切なまでのショックを受けたからだった。たとえ、女性たちの地位が抑圧されていたという事情から説明のつくことだったとしても、とにかくこうして何かが永遠にふいになってしまったのだと、私には思えた。(原註)

(原註) 同じように、私は、寝そべっていて顔の見えない女のあらわな性器を前景に描いているクールベのあの絵、『世界の起源』というタイトルのあの絵ほどにも曰くいいがたい感動を引き起こす作品が、女性の手になる絵画

にはないことを、残念に思った。

帰路、列車の中で、私は、自分の恋情《パッション》を文字どおりフィレンツェの街に書き込んできたような気がしていた。通りから通りへと歩き回り、いくつもの美術館を見て回り、その間ずっとAのことばかりを思い詰めて、すべてを彼とともに見、アルノ川に面したあの騒々しいホテルで彼とともに食べ、彼とともに眠った自分を振り返って、そういう感想を抱いていた。私はあの街へ戻りさえすれば、ある男を愛するある女の物語、自分の物語を読むことができるだろう。たった独りで、レストランのボーイを除けば誰とも話さず、Aのイメージに憑《つ》かれた状態（それはもう、私をハントしようと声をかけてくる男たちがいることに唖然としたほどだった。あの人たち、私の躰に透けて見えていた彼のイメージが目に入らなかったのかしら？）で過ごしたあの八日間は、結局、愛を完全なものにするためのひとつの試練だったのだと、私は了解しはじめていた。いわば追加の出費、それが今度は、相手のいないところで想像力と欲望を燃やすという形をとったのだった。

彼は、六カ月前にフランスを発《た》ち、自分の国へ帰った。私が彼に会うことは、おそらくもう二度とないだろう。初めのうち、私は、午前二時頃に目覚めたりすると、生きているのも、死んでしまうのも、どうでもよくなっていた。全身が痛んだ。できることなら苦痛を根こそぎにしたかったが、どこもかしこも痛いのだった。強盗がこの寝室に入ってきて、私を殺してくれないものかと思った。日中は、常時仕事をしているように、何もしないで坐っていることのないように努めた。

そうしないと、自分がだめになるからだった（その頃漠然と考えていたこの「だめになる」という語の意味は、抑鬱《よくうつ》状態に落ち込む、飲酒癖がつく、等々だった）。同じ目的で、きちんとした服装をし、化粧をするよう、また、眼鏡の代わりにコンタクトレンズをするよう心がけていた。コンタクトレンズの装着は、私には勇気のいることだったのだけれども。私は、テレビを見ることも、雑誌の頁をめくることもできなかった。香水や電子レンジを扱ったすべての広告が告げているのは、ただ一つのこと、ひとりの女がひとりの男を待っているということに尽きるからだった。ランジェリー専門店の前を通るときには、顔をそむけた。

いよいよどうしようもないほど鬱屈していた時、トランプ占い師に占ってもらいたいという激しい欲求に駆られた。生き延びるために自分にできることはそれしかないと思えたのだった。ある日、私はミニテル（フランスの一般家庭に広く普及している情報通信用端末）で、占い師の名前を検索してみた。リストは延々と続いていた。そのうちの一人は、サンフランシスコの地震と人気女性歌手ダリダの死を予言したと特記していた。いくつかの名前と電話番号を抜き書きしている間じゅう、私は、その前の月、Aのために買った新しいドレスを試着していた時と同じように、うきうきしていた。彼のためにまだ何かしているような気になっていたのだ。その後、どの占い師にも電話はかけなかった。彼は二度と戻ってこないという予言をされはしないかと、怖かったから。「私もついにここまで落ちたか」としみじみ思ったけれど、驚きはしなかった。自分はそこまで落ちないという保証など、見当たらなかった。

ある夜更け、ふと、エイズ検査を受けてみたいという気持ちが湧き起こった。「せめてそれだけは、あの人が私に残していったということになるもの……」

私は是が非でも、彼の躰を、髪から足の指にいたるまで思い起こそうとした。そして、彼の緑色の眼や、額の上で揺れる前髪や、両肩の曲線を、細かい部分まで明瞭に思い描くことに成功した。彼の歯を、口の内部を、大腿《だいたい》部の形を、肌触りを感じた。私は思った。このイメージによる再構成とある種の幻覚、記憶と狂気の間は紙一重だと。

一度、腹這いになって、自分で自分に悦びを与えた。私のというより、彼の絶頂感であるような気がした。

数週間にわたって、こんなことが続いた。

真夜中に目覚め、それから朝まで、眠ってはいないのだけれども、ものを考えることのできない、ぼんやりした状態のままでいた。眠りの中に沈み込みたかったのに、そうはできず、私はいつまでたっても、いわば眠りの表面に浮遊していた。

起床したくなかった。始まろうとする一日を思い浮かべても、これといった計画がなかった。時間が経《た》つばかりで、自分にはもう行き場がない、ただ老いるばかりだという感じ。

スーパーマーケットで、しばしば思った。「もうこれを買う必要がないんだわ」（ウイスキー、アーモンド、等々）

自分がひとりの男のために買ったのだけれど、今や、流行にマッチしているというだけで、元どおり特別な意味のない衣装類となってしまったブラウスや靴を眺めては、思った。これらの物、いや、どんな物でも、誰かのため、誰かへの愛に役立てるためでなければ、欲しがったりするものだろうか？　そのうち、厳しい寒気のせいで、ショールが一枚必要になった。「あの人はこれを見てくれない」

誰のことも我慢がならなかった。なんとか交際できるのは、自分がAと関係を持っていた時期に知り合った人たちだった。その人たちは、私の恋《パッション》の世界に姿を見せていた。たとえ私にどんな関心も敬意も抱かせない人であっても、私は彼らには、一種の親愛の情を持っていた。もっとも、テレビで、ある番組の司会者やある俳優を見るのは堪えられなかった。彼らの顔に、以前私は、好んでAの風貌、表情、眼などを認めていたのだ。そんな彼の特徴を、私がどうでもよく思っている別人が持っているのは、今や詐称《さしょう》行為のようなものだった。私はその男たちが相変わらずAに似ているのが気に入らなくて、彼らを憎んだ。

たびたび願い事をした。もし彼が今月末までに電話をかけてきてくれたら、人道的活動組織に五百フラン送る。

どこかのホテルとか空港とかで再会することを、あるいは彼が手紙をくれることを想像した。そんな時私は、彼が言いはしなかった言葉に、けっして書きはしない言葉に返事していた。

出かける先が、前年、彼がいた時期にも行ったことのある場所——歯科医院、教員会議など——である場合、私は、その時期に着たのと同じスーツを着て、同じ状況から同じ結果が生まれる、だからあの人が今晩電話をくれる、と信じ込もうとした。真夜中頃、がっくり気落ちして床に着くとき初めて、自分がその日まる一日、彼からの電話がかかってくると本気で信じていたことに気がつくのだった。

眠れぬ夜、私は時々、Aと出会う直前に一週間のヴァカンスを過ごしたヴェネツィアに思いを馳せた。当時の自分のスケジュールと歩いたコースを思い起こそうとして、私は心の中で、自分をザッテレ（エヴェネツィア本島南岸の波止場辺り）に、ジューデッカ島（本島のすぐ南に位置する島）の路地に戻した。私はまた、ラ・カルチーナ・ホテル（ザッテレ界隈にある）の別館の、自分が泊まった部屋を再現すべく、狭かったベッド、クッチョロという名のカフェの裏に面していて、開かないようにしてあった窓、白いテーブルクロスにおおわれているその上に私が数冊の本を置いて、本のタイトルを一つひとつ読み上げたあのテーブルなど、すべてを思い出そうと努めた。その部屋にあった物を片っ端から列挙し、Aとのことが始まる前に自分が滞在した場所の中身をすっかり我が物にしてしまおうと試みたのだった。あたかも、その完全なリストを作成すれば、ふたたびAとの物語を生きることができるかのように。まったく同じ思い込みから、時折、ヴェネツィアへ、同じホテルの、同じ部屋へ戻りたいという衝動を感じた。

この時期ずっと、私が考えたことのすべて、したことのすべてが、以前の繰り返しだった。私は、無理やりにでも現在を、幸福への展望が開けていた過去に戻そうとしていた。

私はいつも、「あの人が行ってしまってから、これで二週間だわ、五週間だわ」と日数を数えていた。そして振り返った。「去年は、この日、私はどこそこにいた、これこれのことをしていた」。新しいショッピングセンターの開設、ゴルバチョフのパリ訪問、テニスの全仏オープンでのマイケル・チャンの優勝、何を思い出しても、すぐ「あの時はまだ、あの人がいた」と思った。あの頃の自分のさまざまな、といっても特別なことは何もない瞬間――ソルボンヌ大学の図書館の目録室にいる、ヴォルテール大通り（パリ十一区の大衆的な界隈の大通り）を歩いている、ベネトンの店でスカートを試着している――が、自分がまだその瞬間を生きているかのような、あまりにもなまなましい現実感をともなって蘇るので、いったいどうして、ある一室から別の一室へ移動するような具合に、あの日の、あの時にタイムスリップできないのかと訝った。

夢の中にも、時間を後戻りしたいという気持ちが現れた。母（故人）が生き返っていて、私は母と話し、口論していた。が、その夢の中で、私は――そして母も――彼女がすでに死んだことを知っていた。死ぬということが何ら特別なことでなく、母の死は、母の過去に起こったけれど、もう「済んですっきりしたこと」にすぎなかった。（この夢を、私はたびたび見たようだ。）別の夢に出てきたのは、水着姿の小さな女の子で、彼女は遠足の途中、行方不明になってしまったのだった。犯罪の現場検証が、まもなくおこなわれた。すると女の子が生き返ってきて、その子自身が死に至った経路を辿り直した。しかし、判事にとって、真実を知ることは、現場検証をややこしくするだけの余計なことだった。他にも、いろいろな夢を見た。私はハンドバッグを失《な》くし、道に迷い、列車が今にも来るというのに、旅行カバンに荷物を詰め終わることができずにいる。人々が集《つど》っている中で私はAに再会するが、彼はこちらを見ていない。私たちは二人してタクシーに乗っている。私は彼を愛撫している。彼の性器は反応しない。そののち、ふたたび私の前に現れた彼は、欲望している。カフェのトイレの中で、高い壁に沿った路上で、私たちは二人になる。彼は私を、ものも言わずに奪う。

週末には、家の掃除とか、庭仕事とか、体力を要するきつい仕事を自分に課した。夕方になると、私は疲れ果て、四肢がぐったりした。ちょうど、Aが私の家で午後を過ごしていったあとそうだったように。しかし、その疲れは、虚《うつ》ろな疲れで、以前のようにもう一人の人間の躰の記憶に満たされてはいなかったから、私は不快なばかりだった。

　私がペンを執って、「九月以来、私はもう何もせず、ただある男性を待つようになった」云々と語りはじめたのは、Aが去ってからおよそ二カ月の頃だったが、何日だったか、もう憶えていない。自分の意識の中でAとの交際に結びついたことなら、アルジェリアの十月暴動でも、八九年の七月十四日（革命記念日、日本でいう「パリ祭」）の暑さと曇り空でも、果ては、六月のある逢い引きの日の前日にミキサーを買ったというようなほんの些細なことにいたるまで、すべて正確に思い出すことができるのに、それに反して、この原稿のある一頁を取り上げて、その頁の執筆の記憶を、ある日の土砂降りの雨に、あるいはベルリンの壁の崩壊、チャウシェスク（八九年十二月に打倒されたルーマニアの独裁者）の処刑など、この五カ月の間に世界で起こった事件の一つに結びつけることはできない。ものを書くという営みの時間は、恋《パッション》の時間とは、まったく別物だ。

けれども、ペンを執った時点では、書くのは、まさにあの、見る映画の選択から口紅選びまで、何もかもが同じ方へ、ある人の方へ向かって流れていた時間の内にとどまるためだった。最初の数行から、ごく自然に「……していた」「……するのだった」という書き方をしたのは、そういう書き方が、時の言い表わし方として、私が終わらないでほしいと願っている持続に、「あの頃、人生はもっと美しかった」といった思いに、また、同じモチーフの永遠の反復にふさわしいからだった。書くのはまた、以前の待機、電話、逢い引きに取って代わった痛みを提示することでもあった。（今でも、最初の数頁を再読すると、彼が私の家に来ると袖を通し、帰り支度で外出着に着替える時に脱ぐ習慣だったバスローブを見たり触ったりするときと同質の痛みを、私は感じる。異なるのは、それらの頁が、私にとって、また、もしかすると他の人たちにとっても、いつまでも意味を持ち続けるという点で、それに反して、バスローブ——これは、すでに今、私にとってしか意味がない——のほうは、いつか私に何ひとつ思い起こさせなくなり、そうすると私は、それをボロ切ればかりの包みの中に入れてしまうのだ。このことを書き記すことで、私は、バスローブをも救おうとしているのにちがいない。)

しかし、私は生き続けていた。そうである以上、書いているからといって、一時的にペンを措くその時に、彼の不在をぽっかりと穴が開いたように感じないわけではなかった。私がもはや声を、外国訛りを聞くこともなく、肌に触れることもなくなった男、寒さ厳しい町で、私には想像もつかない生活を送っている男――文字の上の男Aにもまして手の届かない所にいる実物の男――の不在……。だから私は、悲しみに堪えるのを助けてくれ、分別をもって考えれば希望などない時にも、希望を与えてくれるようなあらゆる方策に訴えるのをやめなかった。それは、トランプ占いをすることや、オーベール駅（パリのオペラ座に近いRERの地下駅）で、ある乞食が差し出したゴブレットに十フラン入れ、「彼が電話してくれますように、戻ってきてくれますように」と願《がん》をかけることなどだった。（またおそらく、実のところ、書くことも、そうした苦肉の策のうちの一つなのだ。）

人に会うのがいやだったにもかかわらず、私は、コペンハーゲンで催されたあるシンポジウムへの参加を受諾した。目立たない形でそっと彼に便りするのにいい機会だったからだ。一枚の絵葉書を送るつもりで、その絵葉書に対して彼はきっと返事をくれると、私は信じ込んでいた。コペンハーゲンに着くと、もうそのことしか考えなかった。葉書を買うこと、出発前に入念に下書きしてきたいくつかの文を書き写すこと、ポストを見つけること。帰りの飛行機の中で私は、自分がデンマークまで行ったのは、一人の男に一枚の葉書を送るという、ただそれだけのためだったのだとしみじみ思った。

Aがまだいた時に、あれほどまでにぼんやりした意識で読んだ本のうちのどれかを、再読してみたかった。あの頃の期待や夢が本の中に託されている、だから本を読めば、あの頃とちっとも変わらない自分の情熱《パッション》をふたたび見出せる、という気がしていた。それでいて私は、読む決心をつけかね、いざ本を開こうという段になって、縁起が悪いと思って尻込みした。まるで『アンナ・カレーニナ』が、不幸を招きたくなければこれこれの頁をめくってはならないと定められている神秘の書の一冊ででもあるかのように。

一度、パリ十七区にあるカルディネ小路、二十年前に私がこっそり堕胎をした（フランスでは、一九七五年まで、妊娠中絶は刑法による処罰の対象だった）あの場所へ行きたいという激しい欲求を感じた。自分は、絶対にもう一度、あの通り、あの建物を見て、あのことがおこなわれたアパルトマンの入口まで階段を昇ってみなければならないと思えたのだった。いわば私は、旧い痛みによって現在の痛みを和らげることができると、漠然とながら期待しているかのようだった。

マルゼルブ駅（パリ十七区の南寄り、モンソー公園の北にある）で降りて、ある広場に出たが、その広場の名前は、最近つけられたものらしく、私には覚えがなかった。八百屋で道を訊ねなければならなかった。カルディネ小路の標示板は、文字が半ば消えている。立ち並んでいる建物の外壁は、磨き上げられていて、白い。私は、記憶している番地まで行き、扉を押して中へ入った。その辺りではめずらしく、コード番号で開閉するシステムになっていない扉だった。壁に、住んでいる人の氏名の一覧表があった。看護助手だった老婦人は、死んだか、郊外の養老院に入ったかだった。今この通りに住んでいるのは、上層階級の人たちだ。カルディネ橋（カルディネ小路の北の端にある）の方へ向かう途中、あの婦人と並んで歩いていた、かっての自分の姿を思い出した。彼女は、どうしてもあなたを最寄りの駅まで送っていくと言って、ついて来たのだった。たぶん、下腹部にタンポンを入れたままの私に、家の前でばったり倒れられたりしては困ると心配してのことだった。ところで、私は思っていた。「私は、ある日ここに来たんだ……」と。そしてその過ぎ去った現実が、ひとつのフィクションとどんなふうに異なるのかについて、考えをめぐらせた。おそらく、単に、自分がある日ここに来たということについて抱く疑念、にわかには信じられないというこの感じが特異なのだった。なぜなら、これがもし小説の登場人物のことだったら、私はこんな感じを抱かなかっただろうから。

マルゼルブ駅で、ふたたび地下鉄に乗った。こういう回り道をしたからといって何が変わるわけでもなかったけれど、私は、この回り道をしたこと、やはりひとりの男がもとで自分が過去に味わった精神的孤独を再発見したことに、満足していた。

(胎児を堕《おろ》した場所へふたたび足を運ぶのは、私だけだろうか？　私は、自分が書くのは、他の人々も自分と同じことをしなかったかどうか、または感じなかったかどうかを知りたいがため、あるいは少なくとも、他人たちに、私のように感じるのを当然と思ってほしいがためではないかと自問している。さらにいえば、他人たちにも、今度はみずから、それをある日どこかで読んだことを忘れて、私と同じことを体験してもらいたいからではないかと。)

四月になった。朝、目覚めても、Aのことがすぐには頭に浮かばないことがある。「人生のささやかな愉しみ」——友だちとおしゃべりをする、映画館へ行く、いい食事をする——をふたたび味わうことを考えても、以前ほど嫌悪感を催さなくなった。私は相変わらず恋《パッション》の時間の内にいる（というのは、いつの日か私は、目覚めた時にAのことを考えなかったと確認することもなくなるはずだから）けれど、それはもう以前と同じ時間ではない。切れ目のない時間ではなくなっている。(原註)

(原註) 私は、物事をまだ終わってしまわずにいるものとして叙述する「……していた」「……するのだった」という書き方を、それが現実に即していた（しかし、どの時点まで?）から使ってきたが、ここで、現在形（しかし、

いつから現在なのか？）に移行する。他に名案もないからだ。なにしろ私は、Aに対する自分の情熱《パッション》の変貌を日を追って克明に報告するというようなことはできない。できるのはせいぜい、いくつかのイメージに注目するとか、それがいつ現れたかは——一般の歴史においてもそうであるように——確定し得ないひとつの現実のしるしを抜き書きする、とかいったことなのだ。

彼に関する些細なことや、彼から聞いた言葉が、何の前触れもなく蘇ってくる。たとえば、彼がモスクワのサーカスを見に行ったこと、猫の調教師の技に「たまげた」こと。すると一瞬、私は、大きな安らぎに満たされる。夢の中で彼に会い、まもなく目覚めたものの、まだ夢を見たのだと自覚していない、そんな時に覚えるのと同じ安らぎ。すべてが本来の状態に戻った、「もう安心だ」という感じ。それから、ややあって、私は気づく。これらの言葉は、今はすでに遠くなってしまった事柄にかかわるもので、あれから一回、もう一つの冬が過ぎていったのだし、その猫の調教師だって、もしかするともうサーカス団を離れてしまっているかもしれない、「たまげた奴だ」という言葉のなまなましさは、いわば有効期限が切れてしまっているのだ、と。

人と話をしていて、ふとした機会に、Aがある折りに示した態度のことが急に理解できたとか、私たちの関係に、それまで考えてもみなかった一面があったことを発見したとか、思うことがある。職場の同僚の一人とコーヒーを飲んでいた時、その同僚が私に、夫のある年上の女性と肉体的に深い関係を持ったことがあると打ち明けた上で、こう言った。「夕方、彼女の家をあとにすると、通りの大気を胸いっぱいに吸ったもんだよ。おれは男だっていう、すごい実感があったたんだ」私は、Aも同じことを実感していたのかもしれないと思った。確かめようはなかったけれど、それでも私は、この発見がとてもうれしかった。回想からは得られないもの、何かいつまでも消滅しないものをつかんだかのように。

今夕、RERの車内で、私の向かい側の席の女の子二人が話し込んでいた。「あの人たちなら、バルビゾン（既出フォンテーヌブローの森の北西部にある別荘地）にいるわ」と話しているのが聞こえた。私は、その地名に関連して記憶に残っていることがあったはずだが、あれは何だったかと自問した。数分後に思い出したのは、あるときAが、日曜日に夫人連れでそこへ行ったと言っていたことだった。それは特によく憶えていることではなく、他の記憶、たとえば、ご無沙汰している女友だちの一人が住んでいる町ブリュノワ（パリ南郊の保養地）の名を小耳に挟んだときに頭の隅をよぎる記憶と、差がなかった。してみると、世界が、Aとのかかわりを越えて、ふたたび意味を持ちはじめたのだろうか？　モスクワのサーカスの「猫使い」の男、バスローブ、バルビゾン……最初の夜以来、私の頭の中で、イメージや動作や話し言葉を材料として日々組み立てられてきたテクスト全体——文字で綴られたのではないひとつの情熱《パッション》の物語《ロマン》を構成するさまざまなしるしの総体が、ばらばらになりはじめている。その生身のテクストとの関係でいうと、今書いているこれは、残滓《ざんし》、ちょっとした痕跡にすぎない。もとのテクスト同様、これもまた、いつか無に帰することだろう。

それにもかかわらず、去年の春、Aを絶え間なく待ち、絶え間なく求めていた頃、彼と別れられなかったように、私は今、このテクストから離れる気にはどうしてもなれないでいる。実生活とは逆に、著述は、自分で書き込む内容がすべてなのだから、著述から何も期待すべきでないとは承知しているのだけれども——。書き続けること、それはまた、これを他人の目に晒す不安を先へ押しやることでもある。書く必要を感じていた間は、そんな場合のことは気にならなかった。書く必要を脱した今、私は、文字の書き込まれた頁を眺めて、驚きと、ある種の恥ずかしさを覚えている。恥ずかしさなど、恋《パッション》に燃えていた時はもちろん、その情熱《パッション》を記述していた時も——むしろ反対の感情を抱きこそすれ——一度も感じなかったのに。出版の見込みとともに近づいてくるのは、世間の「ふつうの」判断の仕方であり、価値観なのだ。（著者が「これは自伝的なものですか？」といった類《たぐい》の質問に答えたり、あれこれ釈明したりしなければならないせいで、実にさまざまな本が、書き手の体面を保ってくれる小説という形式をとらないかぎり日の目を見ない、ということがあるのかもしれない。）

今もなお、削除の多い、自分以外には判読不可能な筆跡で字がびっしり書きつけられた用紙を前にして、私は、これはほとんどたわいもなくて、結果など気にする必要のない、プライベートな何かなのだと信じることができる――私がかつて教室でノートカバーの内側に書き込んでいた愛の告白文や淫らな文、また、その他、誰にも見られる心配がないかぎり、人が落ち着いて、何の差し障りもなく書けるすべてのことがそうであるように。私はいずれこのテクストをタイプしはじめ、このテクストは私の目に活字体で立ち現れるだろう。私が無邪気であり得るのは、その時までだ。

九一年二月

私は、このすぐ前のところで最終的な終止符を打ち、世界で、また私の生活の中でどんなことが起こっても、このテクストはもはや何の影響も受けないものと決め込むこともできるのだろう。このテクストを時間の流れの外に出たもの、要するに、このままただちに読めるものと見なすことだ。しかし、実際には、これらの頁はまだ個人のものとして手の届く所にあるわけで、そうである以上、書く行為は依然として完結していず、文書は書き込み不可とはなっていない。さて私には、形容詞一個の位置を変えることよりも、現実からもたらされることになったものを付け加えることのほうが重要だと思える。

私がペンを措いたのは昨年の五月だったが、その時から、現在、九一年二月六日までに、予期されていたとおり、イラクと西洋諸国連合の間の武力紛争が勃発した。宣伝《プロパガンダ》によれば、「クリーン」な戦争なのだそうだ。ところが、すでにイラクには、「第二次世界大戦中を通じてドイツに落とされたのを上回る大量の爆弾」（今日のル・モンド紙）が投下されたし、バグダッドに居合わせた証人たちは、激しい爆発で耳の聞こえなくなった子供たちが、酔っぱらいのようにふらふらと通りを歩いているのを見たと言っている。人々は、予告されていながら、いっこうに現実とならない一連の事件、「多国籍軍」の地上攻撃、サダム・フセインによる化学兵器の使用、ギャルリ・ラファイエット（パリの中心部オスマン通りにあるデパート）で発生するテロ事件……を、ひたすら待ち続けている。この雰囲気の中にあるのは、恋《パッション》の時間の内にあったのと同じ不安、真実を知りたいという同じ願い——そして、その不可能性——だ。が、類似はそこまで。もはやどこにも、夢はないし、想像力も働いていない。

戦争勃発後の最初の日曜日、夜、電話が鳴った。Aの声。数秒間、私は恐怖にとらわれたままだった。泣きながら、彼の名前を繰り返していた。彼のほうは、ゆっくりと「おれだよ、おれだよ」と言っていた。私に今すぐ会いたい、これからタクシーに乗るところだ、とのことだった。彼の到着までに残されていた三十分の間に、私は、パニックに陥りながら、化粧をし、身支度を整えた。私はそれから、彼が一度も見たことのないショールに身を包んで、玄関の手前の廊下で待った。あっけにとられて、入口のドアを見つめていた。彼は、以前同様、ノックせずに入ってきた。痛飲してきたにちがいなかった。私を抱きしめながらよろけていたし、階上の寝室へ通じている階段では足を踏み外した。

そのあと、彼は、コーヒーしか飲みたがらなかった。彼の生活は、外から見るかぎりでは変わっていない。東の方の国でも、フランスでしていたのと同じ仕事をしているとのこと。子供は、彼の妻が一人欲しがっているのだけれども、いない。彼は相変わらず、三十八歳にしては若々しい。顔に、どこか以前よりやつれた感じがあるけれども。爪が以前と比べると清潔でなく、手も、これはたぶん彼の国の寒さのせいで、ざらざらしている。私が、フランスを発《た》って以来どうして何の音沙汰もしてくれなかったのかと彼を責めると、彼は大いに笑った。

「じゃあ、おれが電話したとしようよ。やあ、元気かいってね。で、それから、どうするのさ?」彼は、私がデンマークから、パリにある彼の前の職場へ送った葉書は受け取っていなかった。私たちは、いったんタイル張りの床の上でいっしょくたになったお互いの服を、ふたたび身に着けた。そして、私が彼を、エトワール広場（パリの凱旋門のある広場）のそばのホテルへ車で送っていった。ナンテール（パリ西郊、セーヌ河岸の町）からヌイイ橋（西から幹線道路でパリへ入る際に通る橋）まで、赤信号で止まるたびに、私たちはキスをし、愛撫し合った。

帰路、デファンス地区（パリ西郊の副都心的なオフィス街）のトンネルを走り抜けながら、私は思っていた。「私の物語はどこへ行ってしまったのだろう？」ややあって、「私はもう、何も待っていない」

彼は、三日後にまた発っていったが、その三日間のうちに、私たちがもう一度会うことはなかった。出発前の電話で、彼は私に「電話するよ」と言った。彼の国から私に電話をかけるという意味だったのか、それとも、またパリに来ることがあれば、その折りに電話するということだったのか、私は知らない。彼に訊ねもしなかったのだ。

彼が戻ってきたのは現実ではなかったという気がしている。あの夜のことは、私たち二人の物語の時間の内のどこにも存在しない。ただ一月二十日という日付だけが、残っている。あの夜帰ってきた男も、彼がいた一年間、そしてそのあとの執筆期間、私が自分の内にずっと抱き続けていた男性ではない。ほかでもないその男性には、私は絶対に再会することがないだろう。が、それにもかかわらず、あの非現実的で、ほとんど無に等しかったあの夜のことこそが、自分の情熱《パッション》の意味をまるごと明示してくれる。いわゆる意味がないという意味、二年間にわたって、この上なく激しく、しかもこの上なく不可解な現実であったという意味を。

この写真、私が持っているたった一枚の、少しぼやけている写真に、どこか微《かす》かにアラン・ドロンに似たところのある、長身でブロンドの髪の男が写っている。この男のすべてが、私には大切だった。目も、口も、性器も、聞かせてくれた子供の頃の思い出も、ものをつかむときの独特の荒っぽいやり方も、声も。

私は、この男の国の言語《ことば》を学びたくなったのだった。この男が口をつけたグラスの一つを、洗わないで取っておいたりもした。

コペンハーゲンからの帰りの飛行機の中では、やはりこの男のことを思って、もし彼に二度と会えないのなら、それならこの飛行機が墜落してくれればいいと願った。

昨夏、パドヴァで、聖アントニウス（一一九五〜一二三一、ポルトガル生まれのフランシスコ修道会士で、パドヴァ近辺で死んだ。失せ物捜しを彼に祈願する風習がある）の墓所の壁面に――それぞれの祈願を書きつけたハンカチや折りたたんだ紙を押しあてている人々に混じって——私は、この写真を宛《あ》てがった。この男に帰ってきてほしかったから。

そこまでするだけの「値打ち」が彼にあったかどうかを問うのは、いうまでもなく、まったく意味のないことだ。また、確かに私は、今述べたようなことといっさいに対して、まるで誰か他の女性のことだったかのような違和感を覚えはじめているけれど、だからといって、次のことが少しでも変わるわけではない。彼がいてくれたからこそ、私は、自己を他者から分離している境界に接近し、時折その境界を越えるようなイメージさえ抱くことができたのだ。

私は、時間の流れを、それまでとは違う仕方で、全身で感じた。

私は、人がその気になればどんなことを仕出かし得るか、何でもやりかねないのだということを発見した。崇高な、あるいは致命的な欲望、みっともない振る舞い、あるいはまた、自分自身がそれに頼ったり訴えたりすることになるまでは他人事《ひとごと》として見て、およそばかげていると思っていたある種の信心や行動……。彼は、彼自身の知らぬ間に、私を以前より深く世界に結びつけてくれた。

彼は私に、「おれについての本は書かないでくれよ」と言っていた。でも私が書いたのは、彼についての本ではない。自分についての本でさえない。私は、彼の存在が、存在であるというただそれだけのことによって私にもたらしてくれたものを、言葉に——彼はたぶん読まない、彼に向けられているのではない言葉に直しただけだ。これは、贈り物に対する一種の返礼なのだ。

子供の頃の私にとって、贅沢といえば、毛皮のコート、ロング・ドレス、それに海辺の別荘だった。その後、贅沢といえるのは、知識人の生活を営むことだと信じた。今の私には、贅沢とはまた、ひとりの男、またはひとりの女への激しい恋《パッション》を生きることができる、ということでもあるように思える。

訳者あとがき

この本の著者アニー・エルノーは、若い頃一度結婚して離婚したのち、パリ近郊の町でずっと独り暮らしを続けてきた熟年の女性作家である。彼女は一九七四年の処女小説以来、八四年度ルノードー賞の受賞作を含めて今日（二〇〇二年七月）まで計十数冊に上る著書のすべてを、フランスきっての名門文芸出版社ガリマール社から上梓している。実際、フランス全国どこへ行っても、まともな品揃えをしている一般書店なら必ずこの人の本を並べている。もともと近代文学を専攻して、高等学校《リセ》以上のレベルの教授資格《アグレガシオン》まで取得したインテリで、長年、とりわけ通信教育課程を通して高校生教育に従事してきた。そして第六作目にあたる本作品を発表した頃、彼女はすでに成人した二人の息子の母であったし、年齢も五十歳を少し過ぎていた。

　そんなＡ・エルノーが、一九八八～八九年頃、約一年間にわたって、自宅で、ある特定の男性と昼下がりの逢い引きを繰り返したという。相手の男は彼女より十歳余りも年下の妻帯者で、東欧のどこかの国から外交関係の任務を負ってフランスを訪れ、限られた期間滞在していた。その実在の人物が誰であるかは、もちろん明らかでない。明らかなのは、彼に対するＡ・エルノーの恋が、いわゆるロマンスからは程遠い、激しくて単純な、もっぱら肉体的な情熱だったということだ。

彼女は、その情熱をいささかもごまかさずに生きた。生きるとは、溺れることではない。その反対である。一見矛盾しているかのようだが、A・エルノーというこの女性は、きわめて現実的な思慮分別をもって、恋の情熱＝パッションに燃えたらしい。本書は、本人と思《おぼ》しき「私」によって綴られたかたちの、その記録であり、かつ省察である。

●フランスでの反響

本書の原典は、ERNAUX (Annie) : *Passion simple*, Paris, Gallimard, 1992 である。この本は、一九九二年一月にフランスで出版されるや、一躍、同国におけるベストセラーの最上位に躍り出た。そして、以後数カ月間、そのトップの座を――前年度のゴンクール賞やメディシス賞の受賞作品を抑えて――映画化を機にふたたび部数の伸びたマルグリット・デュラスの『愛人（ラマン）』と対等に争うほどの売れ行きを示した。その結果、現地のメディアが伝えるところによれば、発売後四カ月で約十四万部売れたとも、半年足らずで発行部数が十七万部を越えたともいう。純文学系統の本として、これはフランスでは異例の数字である。実際その年、新刊書がどっと出回る秋のシーズンに至ってもなおベストセラー・リストに登場していたくらいだから、アニー・エルノーのこの本は、当時フランスの一般読者から大いに支持されたといっていいだろう。

一方、新聞雑誌の文芸欄・書評欄の反応には、なかなか興味深いものがあった。毀誉《きよ》相半ばしたからである。いや、全体としては、激賞といっていい記事のほうがずっと多かったのだが、それだけに酷評も目立ったのだ。

たとえば、インテリ層によく読まれている週刊誌《ル・ヌーヴェル・オプセルヴァトゥール》の書評家J＝F・ジョスランは、以前からA・エルノーのこととなるとわざとらしく見下した物言いをする傾向があったが、『シンプルな情熱』が世に出るやいなや、著者の語る恋心を、フローベールが典型化した満たされぬ女のそれになぞらえ、「アニー・エルノーは、ボヴァリー夫人の姪の娘にでもなったつもりでいる」と揶揄《やゆ》した。文芸月刊誌《マガジン・リテレール》の編集長J＝J・ブロシエも、「タイピスト嬢が暇つぶしに書いたような小品」という言い方で、エルノーの作品の文学的価値を貶《おと》しめた。さらに、《コティディアン・ド・パリ》という日刊紙には、エルノーを「薹《とう》の立ったミーハー」扱いするような記事が出たし、《レクスプレス》や《フィガロ・マガジン》といったいわゆるメジャーの週刊誌に掲載された書評も、彼女の「文体の平板さ」を嘆き、彼女の作品を「痩せ細って、息切れしている、寸詰まり文学」と扱《こ》き下ろすものだった。

ついでに、仏国テレビ界の一匹狼的存在で、歯に衣着せぬ発言をする読書人として知られていたミシェル・ポラックの見解にも触れておこう。彼は、週刊誌《レヴェーヌマン・ド・ジュディ》に連載していた書評コラムの中で、A・エルノーの今度の本が飛ぶように売れているのは、要するにそれがいわゆる「衝撃の告白」の類だからであって、女性誌で見かける一般の「告白」に比べればたしかに良質だが、ナルシシズム過剰という点では同じようなものだと言い放ったのだった。

しかし、A・エルノー支持派も負けてはいなかった。前記のJ＝F

・ジョスランに対しては、《ル・モンド・デ・リーヴル》（ル・モンド紙の文芸付録）の編集長ジョジアーヌ・サヴィニョー女史が、「（ボヴァリスムのレッテルを貼れば女は皆しょげ返るだろうとばかりに）男性がむやみに振り回す紋切り型は、あいにく通用しない。アニー・エルノーはボヴァリー夫人の対極にいるのだ」と切り返し、恋する女、そしてその恋を書く女としてのA・エルノーの姿勢が、どんな罪悪感にも歪められていず、いささかもヒステリックでないこと、率直きわまりないことを強調した。また、J＝J・ブロシエが表明したような侮蔑的感想に対しても、たとえばジャクリーヌ・ダナという女性ジャーナリストが、《レヴェーヌマン・ド・ジュディ》誌上でこう反撃した。彼女曰く、A・エルノーの新作を前にして、ある種の文化人たちが口をとがらせていることについては、彼らの発言にちらつく鼻持ちならないエリート意識もさることながら、何よりもまず、問題のテクストをめぐる彼らの解釈が見当違いもはなはだしいことを指摘しなければならない。つまり、『シンプルな情熱』の特徴は、胸がドキドキしたり、キュンとしたりするような甘い恋愛物語に流れず、性愛の現実を見据えているところにあるので、「どこからどう読むにせよ、ミーハーの作品でないことだけは確かだ」というのだった。

A・エルノーの文体も、彼女の本を歓迎する書評家たちに言わせれば、「平板」なのではなく、簡潔なのだった。そのことを、《リュマニテ》（フランス共産党の機関紙）に長文の書評を寄せたC・プレヴォは、「貧相なのでも、精彩に欠けるのでもない。極限まで無駄を省いているのだ。剝《む》き出しなのだ」と表現した。知的レベルの高いテレビ番組情報誌《テレラマ》の女性コラムニスト、ミシェル・ガジエは、そういう文体の選択を称讃し、「さすがにアニー・エルノーは、多くの言葉と涙と嘆きが積み重なると、その中に心と躰の真実が埋もれてしまうことを知っている」と書いた。週刊誌《VSD》の女性ライター、アンヌ・ロバンも同意見だった。彼女によれば、「アニー・エルノーは、〝女性的〟と形容されがちな似非《えせ》の抒情性にいっさい与《くみ》せず、描写的で反復的で禁欲的な書き方をすることで却って、疑うべくもない文学的存在感をかち得ている」のだった。平たくいうと、どんな感情表現も入り込む余地のない厳しいテクストだからこそ、読者の心の内に感動を呼び起こすことができたというわけだ。

かくして、日刊紙《リベラシオン》の文芸欄で活躍する女性コラムニスト、ミシェル・ベルヌシュタインは、『シンプルな情熱』を評して、「安穏とした感情に浸っていたなら、こんないい本が書けるはずはない」と結論したし、日曜新聞《ル・ジュルナル・デュ・ディマンシュ》に寄稿している、これまた女性のアネット・コラン＝シマールは、「『シンプルな情熱』は、書物をとおして聴き取ることのできる恋の叫びのうちで最も感動的なものの一つだ」とまで断言した。だが、いちばん印象的な言葉で自らの感銘を述べたのは、前記《テレラマ》のM・ガジエだった。ガジエは今では彼女自身いっぱしの小説家となっているのだが、当時こう書いたのだ。「文学は、昔から変わらない四つか五つの主題のまわりを回っているのだが、それらの主題のうちでも、愛は筆頭の地位を占めている。〔主題が同じなら〕書き込み方に力があるか否かが唯一の決め手で、一方には手すさびでしかない作品が、そして他方には傑作が振り分けられる。私には、『シンプルな情熱』が傑作であるかどうかまでは判定できない。けれども、この作品が今後長い間私に連れ添ってくるであろうことだけは、はっきりしている。これは、読んだら最後、火傷《やけど》のように残る本だ……」

以上のように、本書のオリジナルは、フランスで厖大な数の読者を獲得しつつ、一方では、あの国の文芸ジャーナリズム界を真っ二つに割ったのだった。これを総括して、二、三の点に着目しておきたい。

一つは、『シンプルな情熱』という小さな一冊の本をめぐって、書評が、熱心に推すタイプのもの（多数）と、冷たく見下すタイプのもの（少数）にはっきりと分かれ、可もなし不可もなしといった中間的な評価を下すものがほとんど見られなかったこと。この事実はむろん、ジャーナリズムという場の性質にかなりの程度起因しているのだろうし、また、いつも旗幟《きし》を鮮明にして意見をぶつけ合うことを好むフランスの文化的風土からも、部分的には説明できるにちがいない。が、同時に、アニー・エルノーのテクスト自体に、それを読んだ者が自分の受け取り方をはっきりさせずにはいられなくなるような強いインパクトがあることをも、逆に物語っているのではないだろうか。

第二に、『シンプルな情熱』を腐《くさ》したのが、主としてベテランの男性書評家たちで、それに対して、女性の評者はこぞってその同じ作品を支持したという点も目を惹く。もっとも、《ル・フィガロ・リテレール》（ル・フィガロ紙の文芸付録）に好意的な書評を寄せた有力な若手作家パトリック・グランヴィルをはじめ、男性のうちにも、A・エルノーを褒《ほ》めた評者はけっして少なくなかった。したがって一概にはいえないのだが、それでも大雑把に見れば、同書が結果的に、フランス読書界のエスタブリッシュメントともいえそうな数人の男性書評家たちを敵にまわし、女性の文芸ジャーナリストたちを味方につけたという印象は否めない。これは何を意味していたのだろうか。近頃「文学を社会学する」などという尊大なドグマティズムが流行しているようだが、社会学が分析すべきは「文学」すなわち作品ではなく、文学の社会的受容の問題その他であろう。

フランスで『シンプルな情熱』を歓迎した読者層の構成にも触れておこう。これは筆者がフランスの友人たちから個人的に伝え聞いたことにすぎないので確証はないが、本書のオリジナルは、やはり主として（幅広い年齢層の）女性に読まれたようだ。しかし、男性の間にも熱心な読者が相当いるとも聞く。因みに、この伝聞を裏付けるものとして、一九九二年四月二日付けの《レヴェーヌマン・ド・ジュディ》に半ばルポルタージュのような体裁で掲載された記事を挙げることができる。その記事によれば、原書の『シンプルな情熱』が刊行されてから、著者アニー・エルノーのもとには、ファンレターには慣れているはずの彼女が驚くほどの数の手紙が、特に男の読者から送られてきたそうだ。そして、そのうちの多くが、自分は男だけれども、あなたが体験したのと同質の激しい恋にのめり込んだことがあると打ち明け、自分がこれまで胸の内に秘めていた体験に言葉を与えてくれたことに感謝する、と伝えるものだったらしい。そうしたメッセージに接したA・エルノーは、今度の本を出してよかったとの思いを強くし、こう言っているという。「私の物語が、他の人たちの物語になったのです。私の物語に触発されて、男の人たちが自らを語り、これまで一度もあえて口には出さなかったことを初めて言葉にして、明確に意識したわけです。私は、こういう人たちと体験を共有したかったのです」

さて、今から九年前に、フランスで賛否両論の的となった本書を単行本として初めて上梓した折り、私は〈訳者あとがき〉に「本作品、わが国ではどんなふうに迎えられるだろうか（……）これから固唾《かたず》を呑んでその点を見守ることになる」と書きつけ、その〈あとがき〉を異例なまでに長大な解題に変貌させた。当時アニー・エルノーは本邦初訳であって、それまでのところ本格的には日本に紹介されたことがなかったからである。出版の結果が期待にもましてポジティヴなものだったことは今更いうまでもない。しかしそれでも、このたびの文庫化に際し、改めて解題的な説明を加えておく必要を感じる。もともとこのテクストは、日本とは異なる文化の中で、日本語ではない言語で書かれたわけだから、翻訳で読んでいただくにあたって、本文の余白に書き添えておかねばならないことが少なからずあるのだ。

まず作家の経歴に触れ、『シンプルな情熱』以前の著作にどんなものがあったかを略述することから始めよう。

●『シンプルな情熱』以前のアニー・エルノー

アニー・エルノーは、一九四〇年に、フランス北部、ノルマンディー地方のリルボンヌで生まれた。リルボンヌは、セーヌ河下流域のセーヌ＝マリティーム県に所在し、ル・アーヴルの東方約三十キロに位置する工業都市である。父親は農夫・工員あがり、母親も女工あがりだったが、当時は二人して、その町の労働者地区でカフェ兼食料品店を営んでいた。しかし、アニーが、五歳頃から十八歳までの成長期を過ごしたのは、同じセーヌ＝マリティーム県の、リルボンヌからも近いイヴトーという町だった。イヴトーは、アニーの両親がもともと暮らしていた町で、彼らは、終戦後まもなく、人口七千人（近年は一万余人）程度のその小都市に戻ったのである。イヴトーでも、両親は地味な界隈《かいわい》に住み、下層階級の人々を相手に小さなカフェ兼食料品店を営んだが、アニー自身は、近所の子供は行かない私立校に通って、初等・中等教育を受けた。自分の家庭環境とクラスメートたちのそれとの間の物質的・文化的な隔たりがあまりにも大きかったため、心理的に苦しんだが、成績は群を抜いていたらしい。

思春期以降のA・エルノーの軌跡については、本人の著作がいずれも自伝的なので、それを読めばかなり詳しく知り得るようではあるものの、著作中の記述をどこまで事実どおりと考えていいのか定かでない。履歴書に求められるようなことに限っていえば、彼女は、大学入学資格試験《バカロレア》に合格すると、ノルマンディー地方の中心都市であるルーアンのルーアン大学に進んでフランス文学を専攻した。その後、結婚して二人の息子を生み、育てたが、やがて離婚し、現在はパリ郊外のある新興都市に暮らしている。また、彼女は近代文学の教授資格者《アグレジエ》であって、高校教師としては、アルプス地方の町アヌシー（オート＝サヴォワ県の県庁所在地）に赴任して十年間働いたのち、パリ地方で教鞭を取った。そののち国立通信教育センターに移って、近年に至るまで在宅勤務を続けていた。

アニー・エルノーの作家としてのデビューは、この「あとがき」の冒頭でも述べたとおり、一九七四年に遡る。『シンプルな情熱』に先立つ彼女の著書を年代順に紹介すると、次のとおりである。なお、ここで未訳作品に採用する日本語タイトルは暫定的な直訳にすぎない。仮題とでも見なしていただきたい。

Les Armoires vides, roman（小説『空《から》の洋服ダンス』一九七四年）

（妊娠中絶が法的に認められていなかった時代に）若くして堕胎をするはめに陥った女性が、そこに至った自らの生い立ちを、とりわけ、社会の階層的亀裂のただ中を生きなければならなかった少女時代以降の体験と複雑な思いを、吐き出すように、一人称で、一気に語る。饒舌かつ挑発的な口語的文体をとおして、生きることへの著者自身の熱い闘志が伝わってくる。デビュー作にふさわしい、「怒り」のこもった作品。

Ce qu'ils disent ou rien, roman（小説『あの人たちが言うこと、むなしいこと』一九七七年）

十五歳の勝気な少女が、ひと夏のヴァカンスを過ごすうちに初めて男の躰を知るが、干渉を強める親の言葉にも、ボーイフレンドとなった男子学生の知的なスピーチにも、読む本にも、自らの生の実感に応えるものを見出すことができず、自分だけの殻の内に閉じ込もっていく。主人公自身に一人称で饒舌に語らせる形で、揺れ動く思春期の心情を内側から描いている。

La Femme gelee, roman（小説『凍りついた女』一九八一年）

語り手は、恋愛で結ばれたエリート・ビジネスマンを夫に持つ高校教師。彼女は、二人の子供の母でもあって、快適なアパルトマンに暮らしているが、結婚生活に失望している。いわゆる主婦の役割を期待されて、買い物、食事の支度、子供の世話、その他の家事に明け暮れるうち、生きる意欲や、外界への好奇心が、自分の中で錆びついていくのを感じるからだ。そういう状況にはまり込むまでの自らの軌跡をたどって、彼女は、幼少時、思春期、学生時代、恋愛の時期、結婚後を一人称で語る。その語り口は、基本的にはデビュー作、第二作の語りと同じスタイルだが、落ち着きと客観性が増している。非常に誠実でリアルな感じのする、説得力ある作品。（この作品の邦訳は、早川書房より一九九五年八月刊行）

La Place（『場所』一九八四年）

ルノードー賞を獲得してアニー・エルノーの名を一挙に高めたこの作品は、フィクションではなく、一人の娘（A・エルノー）が、死んだ実父の人生を記録した文章である。とはいっても、伝記ではないし、プライベートな思い出を綴った随筆でもない。著者は、個別的なものとしての父親の人生を回顧したというより、それを跡づけることでより普遍的なもの——ある世代のフランスの下層階級の人々が共有した生活条件、陽のあたる「場所」を求めた彼らの希望・不安・喜び・コンプレックス・諦め——について証言したのだ。それは取りも直さず、学業によって下層社会から脱出した著者にとっては、出自《しゅつじ》の忘却を拒否し、彼女が読書に没頭するようになった思春期の頃から無学な父親との間にできてしまった溝に、心の中で橋を架けようとする行為でもあった。

一見無造作な、何の変てつもなさそうな文体で、終始淡々と綴られているこの短い作品の行間に秘められたA・エルノーの思いは、痛切であり、真実を求める厳しい姿勢に貫かれている。（この作品の邦訳は、早川書房より一九九三年四月刊行）

Une Femme（『ある女』一九八八年）

あたかも前掲の『場所』と対《つい》を成すかのようなこの作品で、A・エルノーは今度は、脳を患《わずら》って廃人と化した末に八六年四月に死んでいった母親の人柄と人生を、ふたたび見出そうとする。そうすることで、女工から小売商人となり、世間に対してなんとしても面目をほどこそうとしたひとりの果敢な女性、無学ながら読書好きで、好奇心旺盛だったひとりの女性の人生の意味を問う。また同時に、娘の母親に対するアンビヴァレントな感情の推移を明らかにしていく。愛と憎しみ、うしろめたさ、やさしさと苛立ち、そして、衰えた老母への抜きがたい無言の愛着……。

父を語った『場所』と母を語った『ある女』は補完し合っているが、照明のあて方は変化しており、後者はより肖像画に近く、よりくっきりと個性豊かな女性像を浮かび上がらせる。装飾を切り捨て、ぼやけたところを残さない簡明な文章が、娘である著者にとって自分の出身階層を体現する存在であった母親を言葉によって蘇らせるさまには、真正の文学だけに可能な、読む者の胸を打つ何かがある。（この作品の邦訳は、早川書房より一九九三年七月刊行）

『シンプルな情熱』以前のアニー・エルノーの著作をこうして通覧し

てみると、いくつかのことに気がつく。
①A・エルノーが自らの過去の人生、特に生い立ちに深くかかわる事柄を作品の主題としてきた作家だ、ということ。このことは、『空《から》の洋服ダンス』『あの人たちが言うこと、むなしいこと』『凍りついた女』という初期の三つの小説のみならず、『場所』と『ある女』をも含め、右に挙げたすべての作品について指摘できる。彼女が『場所』で父を語り、『ある女』で母を語ったのも、伝記作家としてではなく、あくまで娘の立場からであった。
②彼女のどの作品をとっても、フランス社会の階層構造、とりわけ文化的な落差の認識が、主題を切実なものにしているということ。つまりA・エルノーは、貧しく無教養な階層から出て、もっぱら学業によって、物質的余裕にも教養にも恵まれた階層に仲間入りした人だが、

社会的成功の過程で諸々の代償を支払い、傷つき、重荷を背負ったのであって、一九九二年に『シンプルな情熱』を出すまでの文筆活動においては、コンスタントにそのことにこだわり続けていたのである。

③この作家が、こうして常に似かよった主題に取り組みながら、その扱い方をある時期にすっかり転換したということ。『空《から》の洋服ダンス』から『凍りついた女』までの作品は、内容の大部分を明らかに自伝的な要素が占めていても、「小説」と銘打ち、一応フィクションの形をとっていた。それに対して、『場所』と『ある女』は、小説的《ロマネスク》であることをはっきり断念した、あるいは拒否したテクストとなっている。A・エルノーは、『ある女』の冒頭に近い一節の中に、「私はある意味で、文学以下のレベルにとどまっていたいと思う」と、同書執筆にあたっての気構えを書きつけているが、彼女のそういう姿勢が作

品の形態に反映したのは、ルノードー賞受賞作『場所』からだったといえそうだ。主題の扱い方のこの変化を、作家の気まぐれや、何らかのテクニカルな理由に還元するのは、的外れの矮小化でしかあるまい。父親――続いて母親――を語るべき対象としたことがきっかけだったにせよ、従来からの主題に対する作家の対し方自体が変わったのだと見たい。実際、A・エルノー自身、ある雑誌のインタビューに答えて、『場所』および『ある女』をデビュー作『空《から》の洋服ダンス』に関係づけ、「同じことを別の角度から捉え直したのです、両親が死んだことで〔自分にとって〕事態が大きく変わりましたから」と言明している（《ル・ヌーヴォー・ポリティス》一九九二年四月号）。

④主題の扱い方の転換にともなって、書き方と、その結果としての文体が、著しく変化したということ。一人称を語りの形式としている

点は五作品を通して変わらないが、『空《から》の洋服ダンス』および『あの人たちが言うこと、むなしいこと』と、『場所』および『ある女』とでは、語り口がまったく異なっている。前者二作品ではあからさまに主観性を打ち出した熱っぽい語りで頁を埋め尽くしていたA・エルノーが、後者二作品では、同じ一人称を用いながらも冷静で客観的な叙述に徹している。やや図式的になりすぎるのを承知でいえば、この移行の兆しを見せていたのが第三作『凍りついた女』である。当然、文体も、初期にはきわめて口語的な言い回しを多用した饒舌体だったのが、『場所』以降、一種の「ミニマリズム」といいたくなるほど簡潔なものに変わっている。もっとも、一言つけ加えておくと、書き方と文体のこうした劇的変化にもかかわらず、A・エルノーの言語表現は一貫して非装飾的であり、ストレートだ。この特徴は、彼女の気質そのものに直結しているにちがいない。

●『シンプルな情熱』以後のアニー・エルノー

アニー・エルノーは、『シンプルな情熱』の物語が細部に至るまで自伝的であること、語り手が自分自身であることを、作品発表後にいささかの衒《てら》いもなく認めている。このケースにおいて、本人が何と言おうと著者と語り手とは別の存在だなどと、（そのような当たり前のことを）したり顔で言い張ることに意味があるとは私には到底思えない。むしろ、この本でも彼女は自らの体験を素材にしたのだということを確認しておいたほうがよい。ただし、この作品では、著者の生い立ちは遠い記憶としてしか喚起されていない。二十年前に堕胎をした場所を再訪するくだりがあって、そこでは著者の過去と現在が響き合っているが、それさえも、他のくだりに比べて格段に重要だというわけではない。また、社会の異なる階層の間の文化的落差にいたっては、物語の背景にさえなっていない。主題の選択から見るかぎり、本作品は、A・エルノーのそれまでの著作から一変している。

このことに、初読のとき、正直いって私は啞然とした。A・エルノーの新作が出たと知って急ぎフランスから原書を取り寄せ、扉の頁を開くまで、タイトルは知っていたが、従来とこれほどかけ離れた主題を扱っているとは予想していなかった。A・エルノーの作家像を、『空《から》の洋服ダンス』や『場所』『ある女』といった作品に固定して思い描いていたからである。迂闊《うかつ》だった。振り返ってみれば、たとえば《ル・モンド・デ・リーヴル》のJ・サヴィニョー編集長などは、一九八八年にA・エルノーの前作『ある女』を書評した時点ですでに、炯眼《けいがん》にも、この作家が次の作品ではそれまでと趣の異なるテーマでわれわれを不意打ちするであろうと、ほとんど予告していたのだ。彼女の同年一月十五日付けのその書評は、A・エルノーが母親の墓碑ともいえる作品『ある女』の末尾に、これで自分は出身階層との「最後の絆」を失ったと書いているのに注目し、こうコメントしていた。「アニー・エルノーはたぶん、ようやく自由を手にいれたのだ。出自のもたらす傷や、苦い宿命や、重苦しさ以外のものを語る自由を。私たちを、あっと驚かせる自由を」

ある男への恋に取り憑かれた自己の推移を記述することで、A・エルノーはサヴィニョーらの期待に応えたわけだが、それなら、その新しい主題の扱い方、記述の仕方は、以前の諸作品に照らし合わせてどうだろうか。この点では、『シンプルな情熱』は、『場所』と『ある女』の系譜に連なっている。いや、前二作の書き方をさらに徹底したといえるかもしれない。なぜなら、フィクションを仕掛けずに日常的事実を羅列する形式を採っているばかりか、今度は、父とか母とかいった対象なしに、自己の情熱《パッション》というこの上なく内在的で、この上なくドラマチックなものに向き合いながら、しかもそれを突き放して見つめるような淡々たる記述に徹しているのだから。また、この作品は、本文中や原註に、自分の体験を書く（そして発表する）というそのことについての省察をしばしば折り込んでいて、すこぶる自覚的である。これも実は、『場所』以来の記述態度をより一層押し進めたものなのである。

かくして、『空《から》の洋服ダンス』（一九七四）『あの人たちが言うこと、むなしいこと』（七七）『凍りついた女』（八一）を作家アニー・エルノーの第一期、『場所』（八四）と『ある女』（八八）を第二期とするならば、第二期の書き方を、第一期・第二期とは別種の主題に適用した『シンプルな情熱』（九二）は、第三期ないしそれ以降を拓《ひら》いた作品と見なしていいのではないだろうか。『シンプルな情熱』ののち今日までにA・エルノーが発表した作品を、次に列挙しておこう。

Journal du dehors（『戸外の日記』一九九三年）

「日記」はふつう書き手の内面や私的生活に密着しているものだが、この本はもっぱら、アニー・エルノーが郊外新興都市のスーパーマーケット、駐車場、地下鉄の車内、パリの街路など、まさに「戸外」で見聞きした物事、遭遇した状況を描写したり、そのとき思ったことを書きつけたりしたテクストによって構成されている。それぞれの断章がさながらすぐれたスナップ写真のように、社会的現実の断面を浮かび上がらせている。（この作品の邦訳は、早川書房より一九九六年十月刊行）

"Je ne suis pas sortie de ma nuit"（『私の夜はまだ終わらない』一九九七年）

臨終に至るまで長くアルツハイマー病であった母の日常と、そのような状態に陥ってしまった母と自分との日々の係わり合いを記録した、痛切きわまりないテクスト。『ある女』では充分に言及されなかった事実がここには定着されている。

La Honte（『恥辱』一九九七年）

この作品でA・エルノーは、『場所』においても『ある女』においても語らなかったある出来事、彼女が十二歳のときに家庭の中で遭遇したある劇的な出来事に立ち返る。そのときの衝撃とイメージこそが、書く行為へと自分を突き動かしたと確信しているからだ。書きたいという気持ちの芽生えを中心に子供時代を想起し、自分自身の核を探求しているテクスト。

L'Événement（『事件』二〇〇〇年）

フランスで妊娠中絶が合法化されたのは一九七五年であるが、それに先立つこと十二年、つまり一九六二年にアニー・エルノーは闇で堕胎をおこなったという。心的かつ肉体的なその体験の一部始終を、何ものにも怯むことなく淡々と書き切ったのがこの作品である。自らの納得のためにも、同じ時代に同じ体験をした人々との「分かち合い」のためにも、妥協も誇張もなしに言葉にすることが不可欠だったのにちがいない。

La Vie extérieure（『外の生活』二〇〇〇年）

『戸外の日記』を継続するテクスト。一九九三年から一九九九年までの書きつけで構成された断章形式の作品。

Se perdre（『我を失う』二〇〇一年）

『戸外の日記』や『外の生活』とは対照的に、プライベートなこと——一年間にわたる愛欲・性欲——を綴った手記。文体も表現も相変わらずダイレクトで、現実をごまかすことがないが、これ見よがしの露出に流れているのでもまたない。A・エルノーの著作としては異例に分厚い本となっている。

L'Occupation（『占有』二〇〇二年）

二〇〇一年の夏、日刊紙《ル・モンド》の付録として出版された短い作品。若い恋人を他の女性に奪われた熟年の語り手（A・エルノー自身と思しい「私」）が、嫉妬の虜となった自分のありさまを語る。テーマも、文体も、明らかに『シンプルな情熱』の系列に属するテクスト。

さて、今日に至るアニー・エルノーの作家活動の中での『シンプルな情熱』のおよその位置を確認した今、残りの紙数は、本作品に関連するアニー・エルノー自身の発言を中心に、いくつかの情報を提供することに費やしたい。

●『シンプルな情熱』をめぐって

まず、タイトルの「シンプルな情熱」という言葉について。原題は、すでに記したとおり、*Passion simple* である。ごらんのとおり、訳題の「シンプルな」は simple に、「情熱」は passion（＝パッション）に対応している。

このうち、passion は、本書の訳文中でも文脈によってさまざまな訳語をあてたように、「情熱」「熱情」「恋」「恋心」「恋情」「恋着」「執着」などを指すが、もともとは、外部から被害を受けたときに生じる「苦しみ」「苦痛」「苦悩」を意味する語である。今日でも、Passionと頭文字を大文字にして書けば、イエス・キリストの「受難」を意味する。重要なことはしたがって、「シンプルな情熱」という場合の「情熱」(＝パッション)が、語源に遡れば、受け身の状態であり、苦しみであるということだ。自己の内側から自発的に湧いてくる力ではなく、外から自分に取り憑いて、自分を虜《とりこ》にする力だと理解したほうがいい。だから、「情熱《パッション》を生きる」というのも、本来、辛い何かを蒙《こうむ》ること、何か外部のものに依存することだし、「恋《パッション》に燃える」というのも、解放された状態ではなく、囚われの状態に入ることなのである。自我の昂揚でありながら同時に自律性の喪失であり、尊厳からの失墜なのである。この観点に立てば、本作品の語り手＝A・エルノーが、不断に「待つ」という受動的な立場に身を置き、時間を分断され、未来への展望を奪われて苦しんでいるのも頷《うなず》けるにちがいない。実際、ロラン・バルトも『恋愛のディスクール・断章』の中で言っているように、待つ者であることこそ「恋する者の宿命的自己証明なのだ」(三好郁朗訳)。

一方、本書では「シンプルな」という言葉をあてたsimpleという語はどうか。仏和辞典には、「単純な」「簡素な」「率直な」「気取らない」「慎ましい」「お人好しの」「身分の低い」「無知な」「素直な」といった諸々の訳語が載っている。A・エルノーはこの語によって、彼女の体験した情熱《パッション》の質を特徴づけようとしたわけだが、それは取りも直さず、この語が、彼女流の恋の仕方にあてはまるということであるはずだ。では、どんな態度を指して、A・エルノーは「シンプルな」と言うのだろうか。参考になりそうな彼女の発言を、ここに引用しておく。

男と女の間にある大きな誤解の種は、女の側が、意識的にせよ無意識にせよ、人生の設計とか、将来像とかを期待しがちなことです。ところが男のほうは、外界へ出ていくように条件づけられているんです。旧態依然とした役割分担が、今でもなお重くのしかかっているんですね。でも私が男性と分かち合えるのは、その場かぎりの時間と、欲望と、感動だけです。（……）

女性は、長期的に動こうとします。恋《パッション》が自分をどこかへ連れていってくれるのを期待するんです。ところが私のケースは、恋の行き着く所はやはり恋でしかありませんでした。私が唯一企てたこと、それは果てまで行くということでした。ただし、この

「果て」というのは、二人で暮らすということではありません。つまり、他に目的なんかない、恋のための恋だったんです。そんな恋をすると苦しみます。でも幸せにもなります。これは、むしろ男性によく見られる形の情熱です。（《レヴェーヌマン・ド・ジュディ》一九九二年四月二日付け）

本書のテクストの中で、アニー・エルノーは、ある男――それも傍《はた》目《め》から見れば、冷静なA・エルノーなら最も軽蔑しそうだと思えるようなタイプの男に、相手を片時も忘れられないほどの恋をし、そのために、クラシック音楽を捨ててこともあろうにシルヴィ・ヴァルタンに聴き入り、女性誌を手に取ればまっさきに星占いの頁を開き、つまらぬことで根拠のない嫉妬に煩悶する……といった状態に陥る。それでいて彼女は、このほとんど「受難」といってもいいような性愛の情熱《パッション》を、誰にも頼らず、独りで、激しく、しかも思慮深く、「シンプル」に生き抜く。その上で、得がたい「贅沢」を味わったと言い切る。この女性の気骨に感嘆するのは、おそらく私ばかりではあるまい。

アニー・エルノーは、恋の仕方もシンプルだが、その書き方も劣らずシンプルだというべきではないだろうか。彼女の文体を、フランスの書評家たちはしばしば「甘えのない」とか「禁欲的な」とかいった言葉で形容している。日本語に直した形でもそんな感じが出ているかどうか、訳者としては最も気になるところだ。A・エルノー自身は、書き方については、たとえば次のような言葉を洩らしている。

文章のトーンは、ポルノ映画のそれのように、道徳的判断や心理的な躊躇に煩わされないものにする必要がありました。（……）私は、エピソードなどはいっさい書きたくありませんでした。頑として、テクストにはどんな隠喩も忍び込ませませんでした。そうでなければ、あまりに羞恥心がないということになりますから。（《レヴェーヌマン・ド・ジュディ》一九九二年一月三十日付け）

私はたくさん読みましたが、本を区別するきちんとした価値基準にしたがって読書したのではないのです。そのことは、たぶん私の書くもの、たとえば『シンプルな情熱』の中に反映していますす。私自身意識しているのですが、私は、女性誌の「告白」に類するものと、情熱《パッション》についてのもっと「古典的な」分析を同じテクストの中に混ぜています。何人かの批評家たちが、私の本に文化的な拒否反応を起こしたのはそのためです。（《ル・ヌーヴォー・ポリティス》一九九二年四月号》）

どのように書くかという問題の向こうには、必ず、なぜ書くのかという問いがある。なぜアニー・エルノーは本書のテクストを書き、なぜそれを公《おおやけ》にしたのか？　テクスト自体の中に、この問いに対するさまざまの思考の跡が残され、さまざまの答えが用意されている。蛇足かもしれないが、A・エルノーがテクストの外で述べた言葉をここに紹介しておく。

私の人生の各時期に、非常に印象深いことが起こります。けれども、その時すぐには、私は理解できないんです。書くことで初めて、理解できるんです。書き進めていくにしたがって、私は、本当に何かをしているという実感が湧いてくる。書くと、ふだん私の生活に欠けている現実感が得られるんです。起こったことを全部書いて、さらけ出していくとね。（同誌、同月号）

このような主体性回復の要請は、自由意志にもとづかない恋の情熱＝パッションを生きた彼女にとっては、ほとんど死活問題だったのかもしれない。だが、書くことは同時に、他者への働きかけでもある。

確かに、私にとって書くことは、ある意味で、現実からできるだけ多くの意味を引き出すことです。本には、人々を、その人々の生活から遠ざける本と、その生活へ連れ戻す本があります。私にとっては、これはもう考えて選択するような問題ではありません。私には、人々を彼ら自身に立ち戻らせたい、そういう思いがあるんです。本を読むのは、私にとってはいつも、自分の生活を違う目で見られるように説明してくれる何かを探すことでした。

(同誌、同月号)

最後に、本書に巻頭の銘句として引かれているロラン・バルトの言葉について、アニー・エルノーは、こう説明している。

あの言葉は、私たちのこの社会では、感情の表出、情熱のさらけ出しは、セックスよりもはるかに「挑発的」で、順応主義を逆《さか》なでする、という意味なんです。ロラン・バルトが数年前に書いた言葉ですが、今日、ますます現実味を増しています。私の本に少し意義を与えてくれる言葉だと思います。（同誌、同月号）

このたびの文庫化に際し、かつて本書の訳出にあたって多くの友人から教示を受けたことを思い出す。私の細かい問い合わせに快く応じてくださった諸氏、とりわけ竹内和芳さんと千藤朝子さんには、改めて感謝の気持ちを申し述べておきたい。なお、いうまでもないことだが、十年前の初版単行本も、今回のエピ文庫版も、早川書房編集部ならびに校閲部の方々の蔭の貢献なしには実現しなかったといえる。当時の、そして現在のスタッフの方々に、心より御礼を申し上げる。

二〇〇二年七月、慶應義塾大学湘南藤沢キャンパスにて

訳　者

無意味の意味

女優
斉藤 由貴

あなたは、自分を見失う程の恋愛に溺れた事がありますか。

そう聞かれて、即座に「はい」と答えられる人はどれくらい居るのだろう。たいがいの人はうーんと唸って考え込んでしまう気がするが、もう一方で「はい」と答える人も意外と多いような気がする。けれど、私が〝意外と多いのではないだろうか〟と思うのは、そういう恋をした事がある人は案外多いだろうというのとは少し違う。当たり前の事だけれど〝恋〟やら〝愛〟やらは目に見えず、その質量を量ることもできない。ましてや〝自分を見失う程〟のその〝程度〟は人によって千差万別だろう。社会生活を営めなくなってストーカーになってしまう程誰かに対して溺れたとしても〝自分を見失った〟と思わない場合もあるだろうし、毎日逢いたくて、仕事や勉強が手につかなくて困る、くらいでも〝自分を見失った〟という人もいるかもしれない。実際その人がそう思えば、それは自分を見失ったことにもなるのだろう。

とどのつまり、恋愛の程度を、ひいては恋そのものを言葉で云々するのはもうそれ自体愚かしくて意味のない行為なのだろうと思う。

私がこのアニー・エルノーの『シンプルな情熱』をこよなく愛するのは、結局、その無意味さを、そんな言葉など追いつけぬ程の真摯さでとらえているからだという気がする。恋の激情に圧倒されながらも、その眼差しはあくまでも深く澄んでいて、静謐なのだ。

この『シンプルな情熱』という本に私が初めて出逢ったのは、いつ頃の事だったろう。一番最後の頁を見ると初版が一九九三年一月となっているから、もう殆んど十年前になる。私の記憶に間違いがなければ、多分この本が世に出て割とすぐに手にとったはずである。その頃私は作家の山田詠美さんに傾倒していて、いや今ももものすごく好きなのだが、彼女が何かの雑誌でこの『シンプルな情熱』を絶賛していて、それがきっかけだったように思う。十年前というと、今私は結婚して殆んどまる八年、夫に初めて出逢ったのが九年前なので、そこからまた一年、いや、数カ月遡ることになる。全く私的な話になって申し訳ないのだが、その当時の私といえば、全くもって不毛な（といっても私にとってこの言葉はそれ程否定的なものではない）恋愛にどっぷりとつかっていた時期である。……のはずだ。つまり、多分私は、その当時つきあっていた男性との恋愛を重ね合わせてこの本を読んだはずである。けれど、もう本当に情ない話だが、十年も経つと、あれ程迄に夢中になった恋なのに、内容どころか輪郭もぼやけていてどんな感情を感じたか、その感覚すらも消えてしまっている。それでも記憶の糸をたぐってゆくと――。私はふと、十年近く前、この本を読んだ時の感想をぼんやりと思いだす。確かに私はこの本を読んだ時、強烈な印象を持ったし、激しく揺さぶられた。けれど、それは確かに〝共感〟ではなかった。というよりむしろ〝反発〟に近いものを実は感じていたような気がする。自分では認めたくなかったけれど、恋愛の質が全然、違っていた。正直に言えば、私がしていた恋はもっとなんというか、打算やらポーズやら、社会的な目からの逃避、一時的な楽しみ、およそ純粋な恋愛感情からはかけ離れたものをいっぱいぶらさげた代物だった。無論相手の事がとても好きだったけれど、それでも前述したようなお世辞にも美しいとは言えない感情を余分な脂肪のように恋のまわりにまとわりつかせていて、肝腎の恋そのものがその汚物の重さに耐えかねて疲弊しかけていたように思う。そんな時にこの本を読んで、そのあまりの集中の度合いに、深さに、私のしている恋との歴然たる違いに圧倒されてしまったのだ。勿論彼女の恋愛だって、打算やら保身やら、そういった感情を持ってしかるべき、というかおかしくない状況だったと思う。いや、彼女にだってそれは多分あったはずだ。けれど彼女の場合、そういった弱さを覆い尽くす程の熱情が、そう、正に〝受難のようなパッション〟が存在していたのではなかろうか。そして私は、自分がまだあれこれと考える余裕のある事実を思い、悲しくなり、ぼんやりと、ああ、私の恋はここ迄の恋ではない、と感じたのではなかったか。

なんにせよ、十年前の話ではあるが。

そうして今思うのは、恋とはなんと不思議なものだろうという事だ。

男よりも女の方が生き物としては強いのだ、という事に気付いたのはもう少し前の事になるが、私の中で、この『シンプルな情熱』を読んだあたり——つまりこの後私は夫と出逢い結婚することになるわけだが——から、恋に対するとらえ方、考えが全く、殆んど180度と言ってよい程変わってしまった。世間一般に、恋はしばしば〝恋愛〟として愛、の字とくっつけて表現される。けれど今現在の私にとって恋と愛は、もう完全に対極に位置するものだ。恋のように、愛は〝パッション〟ではない。子供への愛、親への愛、親しい者たちへの愛は、続きこそすれ、微熱にうかされたようになったり自分を見失ったりはしない。その昔、〝男は女を守るもの、男は女より強いもの〟という概念が存在していたのと同じように、恋を、愛と並べて同質の物と定義づけるのは私にはどうにも滑稽な概念のような気がしてならないのだ。

この本の中にはいくつも私の好きな個所があるけれど、特にアニー・エルノーが恋する相手との性行為について記した部分があり、とても印象深い。

「……私はまた、彼と何回交わったか、足し算してみたものだ。毎回、新たに何かが私たちの関係につけ加わるように思えたけれど、しかしまた、そのほかならない行為と快楽の積み重ねによって、私たち二人の間が確実に隔てられていくのだとも、私は感じていた。蓄積した相手への欲望を、とことん消費していったのだから。……」

この文章はある意味で、恋というものの残酷さを、エゴイスティックな側面を如実に描きだしているといえる。理不尽なまでに強烈な相手への欲望、求めて求めて、貪り尽くすまで求めて、最後には必ず消耗してしまう不毛な感情。けれどそれ故にこの文章は、恋の、その〈熱情＝パッション〉を肯定しているようにも思える。なぜなら、この感情があってこそ、人類はこうして何十世紀もの間、種を存続させる事ができたのだから。……というと誤解をまねいてしまいそうだけれど、私が言いたいのは生殖的な衝動、動物的本能だけのことではなく、〝恋〟という感情が有史以来、進化して来た人類の、人間の、とても際だった特徴的な感情である、と思えるのだ。

やがてエルノーの恋は終わりを迎えるのだが、絶望的な立ち直りの時間の後、突然男が現われて、二人はもう一度だけ、関係をもつ。そして彼女は、こんな風に書いた。

「……あの非現実的で、ほとんど無に等しかったあの夜のことこそが、自分の情熱《パッション》の意味をまるごと明示してくれる。いわゆる意味がないという意味、二年間にわたって、この上なく激しく、しかもこの上なく不可解な現実であったという意味を。」

恋は確かに、無意味なものかもしれない。けれどその無意味に魅入られて意味を探してしまう事、その愚かしさを、一体誰が責められようか？

本書は、一九九三年一月に早川書房より単行本として
刊行された作品を文庫化したものです。

ハヤカワ epi 文庫は、すぐれた文芸の発信源（epicentre）です。

訳者略歴　1952年生，フランス文学者，翻訳家
訳書『悪童日記』『ふたりの証拠』『第三の嘘』クリストフ
（以上早川書房刊）他多数

シンプルな情熱《じょうねつ》

〈epi 20〉

二〇〇二年七月三十一日　発行
二〇二二年十月　十五　日　四刷

（定価はカバーに表示してあります）

著者　アニー・エルノー
訳者　堀《ほり》　茂《しげ》　樹《き》
発行者　早川　浩
発行所　株式会社　早川書房
郵便番号　一〇一 - 〇〇四六
東京都千代田区神田多町二ノ二
電話　〇三 - 三二五二 - 三一一一
振替　〇〇一六〇 - 三 - 四七七九九
https://www.hayakawa-online.co.jp

乱丁・落丁本は小社制作部宛お送り下さい。
送料小社負担にてお取りかえいたします。

印刷・株式会社亨有堂印刷所　製本・株式会社川島製本所
Printed and bound in Japan
ISBN978-4-15-120020-5 C0197

本書のコピー、スキャン、デジタル化等の無断複製
は著作権法上の例外を除き禁じられています。

本書は活字が大きく読みやすい〈トールサイズ〉です。